目录

像火焰

像火焰 像灰烬

程姬 著

LIKE FLAMES LIKE EMBERS

四川文艺出版社

像火焰像灰烬

时间将生命带走

而赋予我们记忆，金黄如火焰

黑暗如余烬

——亚当·扎加耶夫斯基《贝壳》

一

“我去超市买点东西。”许晓云提着一个红色的环保袋站在门口说，电视机里中央五套的声儿挺大，她听到老张在客厅里闷闷地应了一声。

许晓云轻轻带上门，小狗八段从门缝里挤着要跟出来，黑眼珠子水汪汪地望着她，嘴里呜呜地哀叫。“回去回去。”她朝它摆摆手，把门关上了。

像往常每个星期六下午一样，许晓云下楼，出小区门，穿过一条马路，往东走一公里，在街角那家叫小南国的小餐馆右转，然后沿着一排灰色的水泥围墙，拐进了师范大学的小北门。小北门很不起眼，这里紧挨着学校教职工的老宿舍区，两条小路把十几幢八十年代建的四层宿舍楼分成了整齐的三排。红色的砖墙上覆盖着绿色的爬山虎，路的两边种满了高直的杨树，浓荫蔽日，十分安静。早年分配到房子的教职工如今大都在外面买了新的公寓，很多人都搬走了，因为地段还不错，这里的空房子大都被用来出租。白天院子里走动最多的是老人和孩子，现在正是暑假，整个学校更是寂静如空。

天气很热，仿佛一锅油腻浓稠的汤。许晓云今天走得没有像往常那么快，她在低头想心事，但这一路已是满身大汗。小北门在修路，狭小的路面肮脏不堪，几个工人正在挖地，机器发出突突突的巨大声响，碎石四溅。她捂住嘴，小跑着穿过工地的尘雾，左手里那只空荡荡的红色环保袋一跳一跳地打在她的腿上，她的影子晃动在斑驳的树影里，碎碎的，小小的，不太完整。

走到8号楼门口，许晓云习惯地抬头朝四楼看了一眼，然后在对面的小杂货店里买了两瓶冰矿泉水，放在袋子里，匆匆走进了宿舍楼。

二

庄明已经等得昏昏欲睡。

他坐在门边的一张椅子上，椅背紧贴着屋门，右手拿着的那本书已经垂到了脚边。眼睛闭了又睁，睁了又闭，挣扎之间，他终于听到门外的楼道上好像有了点动静，立刻把身体坐直，像猫一样警醒了过来。他侧过身把耳朵贴在门上，没错，脚步声。他扶了扶眼镜，站起来把眼睛凑向猫眼，影影绰绰中那个瘦小的女人身影又出现在了楼梯拐角处，正往四楼走去。

庄明一把拎起手边那袋早准备好的垃圾，一脚踢开身边的椅子，打开门，大步走出去，和刚好走到门外的许晓云几乎撞了个正着。他听到女人发出了一声低低的惊呼。

“你好。”庄明收住脚步，尽量自然地朝许晓云打招呼，一副下楼准备去扔垃圾的样子。

许晓云的脸上还停留着差点撞到陌生人的意外，出于礼貌，她忙弯起嘴角，向对方回以微笑：“您好。”

“那个……你住楼上吧，楼下门口贴的通知你看到了吗？”

“我没注意。”她一脸茫然。

“没什么，就说现在放暑假，”庄明干巴巴地说，“让大家多注意防火防盗。”

许晓云愣了一下，然后朝庄明客气地笑了笑，显然不想再多说什么。她点点头以示谢意，转身往楼上走去。

庄明看着许晓云的身影消失在楼梯拐角，她的脚步声渐渐漫过他的头顶。他仰起头，听到她掏出钥匙开门的声音，然后门轻轻地关上了，楼道里又恢复了寂静。他轻轻呼了口气，手心已经出汗——他不是那种擅长和陌生人主动攀谈的人，更别提和女人搭讪了。但无论如何，他今天总算近距离地和她说了几句话，并且看清楚了她的样子。

和庄明之前有限的几次在她模糊身影里捕捉到的想象一样，她看起来和气，谨慎，三十岁左右，长得说不上漂亮，但也绝对不难看，笑起来眼睛弯弯的，这让她看起来还有些特别的韵味。但她和左琳一点儿也不像，声音、眉眼、体型、感觉，没有一点点相似之处。她苍白瘦小，脸上有着一种平淡的空洞，平淡到会让人忽略掉她的五官。

说不上是怅然若失还是若有所得，庄明慢慢地踱回自己的家。关上门，发现自己的手里还提着那袋垃圾。

三个月前庄明从一个遥远的南方城市一个人搬到这里。他调到这所北方的理工大学教书，系里给他安排了这间不大的宿舍供他居住。他很满意现在的环境，风貌和他以前生活的那座潮湿的海边城市完全不同，可以帮助他尽快地淡忘过去的记忆。这里干燥、风沙大，冬天常有浓重的雾霾；夏天和南方比不算炎热，整个城市也比那边要脏乱得多，但他并不常出门，所以也不在意。学校的宿舍区老旧破落，遗留着计划经济时期的朴素气息。这里的人大部分说普通话没有什么口音，对面杂货店里的老大爷常年听的是河南梆子。更重要的是，这里没有人再对他投以无法回避的同情眼神。

他在这个城市没什么朋友，课也要下个学期才开，除了购买一些必要的生活用品，偶尔去系里开会或者出门办事，这三个月里大部分时间庄明都一个人待在屋子里，上网、看书、抽烟、发呆，和左琳说说话。

北方的夏天很清新，天空高远，一天之内天光、云、温度的变化都很明显。到了傍晚，楼和楼之间走动的人会慢慢多起来。那时的阳光也收敛了，树荫下的小路光线柔和沉静，提着菜的老人和下班的年轻租客，黄昏的风穿过他们的影子，这时一切仍然像是一部无声的黑白电影。但是小孩们跑着跑着跌倒了会啼哭，厨房里炒菜的油锅声在远处响起，有时校区里篮球场的口哨声、跑动的声音会和风一起隐隐约约传过来，于是庄明的傍晚慢慢开始有了一些色彩。

天黑以后，对面楼里一间一间屋子的灯会次第亮起来，这是庄明最喜欢的时刻，仿佛潜入温暖的深海，看到一条条发光的鱼。他喜欢抽着烟看对面楼房间里的人在干什么，从暮色一直站到夜色。有时对面的房间没拉窗帘，他会看见一个光着膀子的胖男人叼着烟在厨房里洗碗切菜；或者另一个房间里的男人和女人，在沙发上贴着脸亲密地说话，他们的饭桌上放着三菜一汤，他们客厅里的电视机荧幕闪着光斑，他们看着电视剧或体育比赛，聊着天，灯亮了又灭了。然后庄明就到客厅和左琳聊会儿天，说说今天自己看了什么书，网上有什么好玩的事。早上起来和晚上睡觉之前，他都走过去看看她，问个好，再在照片前点上一炷香，双手合十，拜一拜。

从来也没离开过，他定定地看着照片想。左琳在照片里也咧着嘴高兴地看着他，一直在。

三

许晓云打开门的时候，并没有看到丁梁永像往常那样早早地坐在那里，一看到她进来就一把把她拽到怀里。屋子里空空荡荡，一个星期没有人，这里散发着一股刚被打开的罐头般的难闻气味。她一边把窗户打开透气，一边给丁梁永打电话，电话没人接，她想着那些本打算今天一见到他就要说的话，脸上又渗出了一片细密的汗珠。

风吹了进来，燥热。但是客厅里的空调已经坏了很久了。

这是一间普通的一居室，散发着被长期出租的廉价味道。复合木地板已经有些斑驳，屋子里的家具都是十几年前流行的款式，一台老式的旧电视机上积满了灰，沙发扶手那里的布套已经被磨损得露出了里面黄黄的海绵。所有的东西都写着陈旧和临时。只有卧室，任何人走进去都会立刻眼前一亮：那张土里土气的双人床上铺着一套华丽鲜亮的真丝床上用品，如同一个华服贵族走在泥泞乡间，不合时宜，格格不入——这是许晓云精心选购的一套床上用品。当时她在商场里一眼看到就喜欢上了，并为此支付了大半个月的工资。高支纱全棉贡缎，光滑柔软，有珍珠一般的淡淡光泽，是她最喜欢的蓝色，上面印着彩色的光点，光晕交叠着。是梦，她觉得她买的是一个梦。

第一次铺好这套床单、拉好被罩时，她迫不及待地就脱了衣服，把自己赤裸的身体裹在这片柔软的织物里。她用被子蒙住头，整个人在黑暗里轻轻扭动，感觉着皮肤和床单之间光滑的摩擦。真丝带点凉凉的触感，但她身上却是滚热的。这时丁梁永也钻了进来，轻吻她，把她从被子里顶出来，把自己放进她的身体里，然后抱着她，用胡子扎得她仰着脖子止不住地尖叫。于是他把她抱得更紧了，力气大到她觉得自己随时会在他猛烈的撞击中碎成一片一片，像床单上的彩色光点，闪动着，又陷入黑暗。她的意识逐渐模糊起来，身体越来越轻，她压抑不住地大声叫起来，觉得自己快死了。

很多快乐来自对道德和规范的忤逆，许晓云活了快三十年才真正体会到这种快感。他们在这间租来的屋子里幽会有一年了，她有老张，丁梁永有肖莉和蕊蕊，他们平时基本不见面，也很少联系，只在每周六下午，他们会以各种借口从各自的家里溜出来走一会儿神，到这里“开会”——丁梁永把这事叫作“开会”。毫无疑问，她喜欢“开会”，和丁梁永在一起，她是完全被打开的，是一张可以被任意折叠的纸，一只被抽打到无法停止的陀螺，他们之间就像动物的搏斗撕咬，相互进攻，在荒原上一起奔跑、追逐，大汗淋漓——这张床所铺就的华丽荒原，俩人身后各自的隐秘河流在这里交汇，沿着身体滚滚而来。但对许晓云来说，这条河流已经变得越来越湍急，似乎随时可以把她冲击到一个看不见、再回不来的地方，也同时把她撕成了碎片。

她走到卧室，坐在光滑的床单上，打开了卧室的空调。凉风很快吹干了她身上的汗，但温度太低了，她又开始觉得有点冷。恰到好处的时候总是很少，特别是当一个人要做选择的时候。每一个选项都会变得过于膨胀、富有诱惑，从而难以舍弃。她摁亮一直攥着的手机，看看时间，然后又拨了一次丁梁永的电话。

没人接的长音空荡荡的从免提声筒里传出来，像一个没着没落的问号，往窗外飘了出去，落下，慢悠悠地飞过三楼，飞过庄明的窗口。

四

庄明在窗口熄灭了烟蒂，然后走到餐桌旁，把一张餐椅搬到了卧室的床边。卧室不大，放了这张椅子之后就更显得局促了。他躺到了床上，双手枕在脑后，看着天花板，额头上的抬头纹因此显得更深了点。他在等，等待那个每周六下午楼上都会响起来的声音。

一个女人做爱的呻吟声。

他也忘了是哪一天，他在客厅正打开电脑准备找个电影看，飘飘忽忽地，一个细弱的女人声音突然在他的头顶上方什么地方闯了进来，像一只小猫的嘶叫，时断时续，压抑又放肆。庄明马上意识到那是怎么回事，他合上电脑，坐直了身体，瞪着天花板。那个说不上很清晰的呻吟声，突然接上了一些记忆，在他的感知里被放大了无数倍，发出了电流的震颤声。为了听得更清楚些，他站起来，循着声音走到了卧室。他确定，这个声音来自于此刻他头顶隔着薄薄天花板的一张床上。

他脱了鞋，站在床上，那样头顶离天花板不过一手之距。他记得第一次这么站上去的时候，那个声音就像飞机失事一样猛地一头扎进了他的耳膜，瞬间炸开。那架失事的飞机盘旋着，着了火，大火，俯冲、拉高，俯冲、拉高，引擎声发出巨大的轰鸣，迎接即将到来的风暴顶点。

庄明知道自己的身体有了反应，可是他做不到不去听，相反，他在捕捉，强烈地捕捉着这个声音，纤细、尖厉、沉沦、婉转、渴望——这个呻吟声太像左琳曾经在他耳畔的呼唤，把他埋在黑暗灰烬里的那些记忆全部都打捞了起来。

他闭上眼睛，看见左琳笑着从远处朝他跑过来，眼睛还是那么好看，头发还是那么黑。她跑到他的面前，紧紧抱住他，用脸轻轻蹭他的鼻子，咯咯地笑着。庄明把她的衣服撩起来，左手搂着她的腰，右手放在她软软的胸上，揉着托着嘴放上去吮着吸着转着圈，左琳的喘息声越来越大，和天花板上的节奏渐渐合一。他的手又去摸她的脸，白白的牙齿像小猫一样轻轻咬他的手指。他吻她的眼睛，舌尖探进她的耳朵，她尖叫起来，在他的头顶大声地尖叫。他睁开眼睛，看见左琳的脸像融化的冰激凌般慢慢地消失了形状，变成了一个他不认识的女人的脸，一张他从未见过的脸。他瞪大眼睛，努力辨认着这个女人，可是依然无法看清，就在呻吟声突然停止的那一刻，那个女人的脸也随之消失不见。

从那天以后，每个星期六下午庄明就会躺在床上等待这个声音。就那么躺着，硬着，一动不动。声音不太清晰的时候，他就搬来凳子放在床边，然后站到凳子上，像一座古怪的、勃起的大卫雕像，静静地听着，直到天花板缝隙里的声浪渐渐平息，卫生间传来哗哗的水声。

他越来越想见到楼上的那个女人，在幻想中他分辨不清她和左琳的脸，有时这会让他在面对左琳的时候有一点愧疚。他趴在窗台上、伏在猫眼里模模糊糊见过她的样子，但从来没看清楚过她的脸。他想和她说说话，想近距离地看到她，他要给那个声音找到一张对应的具体的脸。不，也许这是一个根本就不存在的女人——这一切，也许只是因为他对左琳过度的思念而产生的幻觉？在他想象的那张床上，那个扭动的起伏的呻吟的女人，他要她转过脸来，他甚至想轻轻触碰那张脸。躺在床上，庄明眼前又闪过刚才楼梯口那张脸，苍白茫然，但笑起来又很生动，藏着一些轻易不能被别人看见体察的东西。

他抬起手腕看看表，已经快四点了。楼上从来没有过地一直很安静，不知道发生了什么。他在床上翻来翻去好一会儿，不得不随手拿起床头柜上的一本书，心不在焉地翻起来。

五

她看了看手机屏幕，黑乎乎的。第六个电话了，丁梁永依然没有任何消息。许晓云记起天气预报说今天傍晚会有雷雨，闷热得透不过气的空气证明了这个可能性。知了还在没完没了地叫，她出门的时候没带伞，心里又是涌起一阵烦躁。

这一年，她和丁梁永不知不觉形成了一种默契，两人除了做爱，几乎从不过问对方家里的情况，除非对方主动说起。但他们似乎从未提及过深，这种状态形成了一种微妙的平衡：在他们两人每周独处的这一两个小时之内，他们可以不被或者假装不被任何因素干扰，完全沉浸在身体的快感里。他们是两条指向截然不同方向的河流，曾经何其坚定，可是她却越来越觉得不自由。在过去的二十九年里，许晓云并不觉得自己说得上是个品格高尚的人。她为了省下十块钱，逃过停车费；她在医院挂号室上班，心情不好的时候也不给病人好脸色看；她在背后嘀咕过同事的坏话；可是她很少撒谎。她讨厌撒谎之后必须记得这个谎言，还要承受不断去圆谎的狼狈，以及被戳穿之后的尴尬和慌张。小时候她偷偷改过自己的成绩单，和同学出去溜冰却和家里说去出黑板报，这些谎言被揭穿后，母亲会投来利剑一般的讥讽眼光。她被逼到墙角罚站，一天不能吃饭，她饿得拿脑袋撞墙，腿直打哆嗦。母亲屈起手指像敲西瓜一样敲她的脑袋，问她，以后还撒谎吗？不了不了。她哇哇大哭，眼泪鼻涕糊了一脸，没了小小的尊严。

必须和丁梁永谈一谈了。上周他们俩在一起，她几乎全程都紧闭着双眼，没有正面看过他一眼，她怕自己一睁眼身体就冷了。丁梁永好像也感觉到了什么，没像以前那样完事之后搂着她开玩笑，闲聊了几句，匆匆洗了澡就先走了。

她不想谈论“道德”本身，可是她讨厌所有被禁锢的关系，换句话说，她需要更多。

许晓云觉得口干舌燥，她走到客厅，从环保袋里拿出一瓶刚才买的矿泉水。瓶盖很紧，使劲拧了几下也打不开，她咬住下唇，用了自己最大的力气，心想再打不开就换一瓶，然而终于拧开了，水却泼了一大片出来，落在她米色的裤子上，瞬间润湿了大腿。笨拙的生活。她决定不在这里继续傻等了，她得下楼去转转，顺便去小北门对面的菜场买点菜带回去。如果她回来之后，丁梁永还是没有任何回音，她就再也不会回到这个地方。

一个人如果不能控制自己的欲望，至少应该能掌握自己的尊严——她对自己总结出的这句话感到很满意，觉得胸中瞬间充满了能量，有一种摆脱了烦恼的轻盈。无论是丁梁永，还是老张，无论是婚姻，还是欲望，都不重要，她依然还是自己的主人。

许晓云大步迈向屋外，转身利索地关上门，在听到锁啪嗒一声合上的一瞬间，她突然意识到，自己犯了个很大的错误。

六

庄明在迷迷糊糊的睡梦中听到了一阵轻轻的敲门声。他以为自己听错了，又仔细听了听，的确是有人在敲门，对他来说，这是非常稀有的事。

他下了床，提拉着拖鞋，打开门，看见那个四楼的女人站在自己面前。他不由自主地挺直了腰，立刻清醒了。

“对不起，打扰您一下。我刚才把钥匙和手机落屋里了，现在进不去了。”许晓云一脸沮丧地望着他，“刚敲了隔壁几家的门，都没人，只好上您这儿来求救了。”她脸有点红，怯怯地说，“能借您的手机用一下吗？我想打一个电话，就几句话。”

庄明没有任何犹豫地伸出右手，做出邀请的手势：“可以可以，没问题没问题，请进请进。”

她摆手：“我不进去了，我就借您手机打一个电话。”

“进来坐，没关系。”庄明用一种坚决而柔和的口气再次发出了邀请，此刻他只想争取一切可能，让这个女人在他房间里多停留一会儿。他欣喜而迫切地想和她说话，说什么都行。

许晓云看着庄明。他的眼睛直视着她，脸上带着诚恳甚至有些谦卑的微笑，看起来像刚刚睡醒的样子，一缕头发在脑袋后面翘着，灰色的T恤皱巴巴的，右手一直伸着，像一个指向屋内的指路牌。她考虑了几秒钟：这个男人虽然有些过于热情，还有点奇怪，但看起来还挺温和，不像个坏人；更何况，在联系上丁梁永之前，她也确实无处可去；更重要的是，此刻她急需一个能打电话的手机。

“谢谢您。”她对庄明感激地说。

七

许晓云坐在客厅的沙发上，咬着嘴唇，手里握着庄明的手机。她尴尬地发现：自己并没有记住丁梁永的电话号码。她只好问他："请问，我能用一下微信吗？"

"可以可以，你直接点进去。"庄明从厨房里探出头对她说，然后他从厨房里慢慢地挪了出来，左手拿着一杯水，右手端着一个放满了西瓜的白瓷盘子，西瓜红色的汁水从盘子里溢出来，顺着庄明的拇指，滴滴答答落在地上。"我手机没密码。"他把水杯放在茶几上，再用左手托着右手手腕，把盘子轻轻放下。

她低头点进微信，看见庄明的微信头像是一只眺望远方的小狗，很像自己家的八段，忍不住抿嘴笑了一下。她登进自己的账号，月球小人画面闪过，蹦出来了一条丁梁永的语音，说女儿突然拉肚子，他现在人在医院，一直在照顾女儿，今天不能过来了。许晓云听完，在回复框里打了一个"好"字，想了想，又删了。然后她在通讯录里找出房东的微信，问他那儿是不是还有一套钥匙。

她放下手机，抬起头，看见庄明坐在她对面的一张凳子上，左手捏着右手的食指，正对着手指在轻轻吹气。她这才看到，庄明的食指上有一条细细的血痕，正顺着手背蜿蜒而下，在手指上划出了一道红线。

"您怎么了？"她问。

庄明抬起头："刚才切西瓜的时候切到手了。"他不太好意思。

"好像伤口有点深啊，您家有创可贴吗？"

"好像——没有，我刚搬来这儿没多久。"他想了想说。

许晓云这才注意到这里是一间结构和楼上一样的一居室，四十多平，屋子里很干净，但是很显然这间屋子相当地空旷简陋。她环顾着四周，雪白的墙有新刷过的痕迹；客厅靠近房门的地方摆着一张白色小餐桌，上面放着一些杂物和书；餐桌边上有一张餐椅，房门一侧靠墙的位置也有一张一模一样的椅子；客厅里自己坐着的是一张蓝色布套的双人沙发，前面有一个圆形的玻璃茶几；沙发对面立着一个不大的置物架，里面除了摞着一些散乱的书，什么也没有。家具看起来都很新，但全都不配套，房间里也没有任何多余的装饰品，头顶的灯泡裸露着，没有装灯罩——看起来住在这里的人对屋子没花过任何心思。客厅角落里还堆着六七个没拆封的大纸板箱，摞成两列，上面贴着快递公司的单子。

“都是书，还没拆箱。”庄明看见许晓云在看那些纸箱子，主动解释。

“您是这儿的老师吗？”许晓云有点好奇。

庄明点点头：“对，我教化学。”

“哦。”许晓云想起了自己中学时候的化学成绩老是不及格，不好意思地偷偷笑了一下。她看见庄明的右手还放在腿上，手指翘着。她提醒他：“还在渗血呢。”

“没事没事。”庄明的样子甚至有点高兴，他东张西望，想找一张餐巾纸捂着伤口。

手机响了一下，许晓云拿起来看了一眼，皱了皱眉。

“怎么了？”庄明问。

“房东说她现在在郊区有点事，最少得要三四个小时才能回城里。”

庄明的脸色更明朗了。“哦，那你就在这里等一会儿吧，别着急。”

许晓云犹豫了。她拿起水杯喝水，脑袋里却在“等待房东”还是“找个开锁师傅”两个选项之间转了一圈。她感觉得到这个男人非常希望她能在这里多留一会儿，但她不知道是为什么。她不觉得自己能吸引一个刚刚认识的大学老师。她觉得他是个好人，她不反感他的挽留；另外，对于丁梁永的不能出现，她还没有消化掉心里的失落和愤怒。她存了那么久满腹的爱恨和委屈，那颗本来打算抛出去的石头，此刻统统都没有了落点，和一个陌生人聊一会儿天，也许能让她舒服一点儿。“那，不打扰您吧？”她还是客气了一下。

“哪里哪里，”庄明拱着腰热情地把白瓷盘往许晓云面前推，“吃西瓜，天热。”

放松了点，许晓云把头发捋到耳朵后面，觉得脸上没那么黏糊糊了。“我想再用一下。”她又拿起手机对庄明说。

下午四点多了，阳光渐渐变得消沉暗淡，吹进来的风里裹着的闷热却丝毫未减。屋里开了空调，庄明怕有烟味，刚才细心地把窗户打开了一点透气，七分凉，三分热，这一阵一阵的风。

许晓云低头在手机上打字。她找了个理由和老张说自己会晚点回，让他别忘了遛八段。齐耳的头发垂下来，露出她白皙光洁的脖子，她很瘦，手握起来的时候看得到手背上一条一条的青筋，却有一种说不出的女人味。

庄明注视着她，突然有点晕眩。他僵着指头，小心地不让裤兜碰到伤口，在兜里摸了半天，掏出一只打火机。他一边伸手去够茶几上的烟，一边问许晓云："还不知道怎么称呼你呢？"

"许晓云。"她说自己名字的时候总是有点腼腆。

"我姓庄，庄明。"

许晓云把手机还给庄明："谢谢，庄老师。"然后她感觉到了什么，转头朝窗边看了一眼，"好像快下雨了。"想起下雨，她又有点焦虑起来，不由站起来走到窗边，把窗户上的白色纱帘轻轻拉开，探头往外看。"很多乌云，天气预报说今天有雷雨。"庄明听到她的声音背对着他传过来。

打开的玻璃窗上蒙着一层厚厚的灰，在阳光下纤毫毕露。光线透过她的白衬衣勾勒出一个瘦削的身形，她变成一个淡淡的阴影，陷在另一片颜色更深的影子里。庄明耳边突然响起了那猫叫般纤细尖厉的声音，阴影和光线同时刺得他睁不开眼。他点起烟，吸了一口，嘴唇几乎覆盖住了手上的伤口。

"许……许小姐，你平时不住这儿吧？"他几乎是突兀地问。

"什么？"许晓云转过身，一脸茫然。

"平时看不到你。"他望着她。

许晓云有点慌乱。

"你好像只是每个星期六下午来这儿。"他慢吞吞地说。

许晓云瞪大了眼睛。她从窗户边的阴影里走了出来，站在那里诧异地看着庄明，一时说不出话来。

庄明注视着她，在她惊吓的表情之下，努力控制着自己不要显得慌张，拿着烟的手不要哆嗦。"你，你别误会啊，我没别的意思，"

他摆着手解释，“我想和你说件事，但是——”庄明觉得手指上的伤口一跳一跳地疼起来，他难受得把身体弓起来，肘部撑在膝盖上面，右手的烟似乎烧得更快了。

看着这个奇怪的男人，许晓云僵硬地挤出了一点声音：“嗯？”

庄明迟疑着，烟灰已经烧得太长，弯曲着，再一秒就要断了。

断了。长长一截烟灰无声地落在地板上，但是他们俩谁都没有注意到。被吹进来的风裹着，烟灰碎成了灰色的粉尘，飞到了屋子角落的深处。

“我听到，你——你说话的声音——和我的妻子很像。”庄明咬着牙，说得非常艰难，他没办法完全袒露，怎么解释这一切？那件事情发生之后他还没有对任何人完整地说过那句话。如果从他自己嘴里说出来，这无异于是一种宣告，可是，如果不说出来，他就似乎永远也无法面对那件事。

“三个月前她遇到一场车祸，走了。”庄明垂下眼帘，夹着烟头的手轻轻颤抖。

许晓云呆立着，她觉得脸又烫又凉，手和脚都不知道往哪儿放，不知道是该从这里逃走还是继续留在这里。背后被阳光晒到的地方像被烧出了一个洞，汗像一条小虫子沿着那个洞慢慢往下爬。

说完了。说出来了。庄明没想到自己如此平静。他终于把现实和黑洞连接上了，积聚了很久的黑暗和悲伤消失了一大部分，借助这个女人的声音，他进入了一个可以召唤到左琳的世界。那些关于爱的记忆，不可回避，这种召唤使他内心获得了莫大的安慰和希望，像一道光。在第一次听到许晓云的声音之后，他把这一点点微光投射到了她身上。她是鲜活的，站在他面前，用他的手机，和她说话，她会沮丧，会喜悦，会有活生生的真实反应。在过去三个月，这个寂静得如同坟墓一般的房间里 …… 此刻他终于储备起了一点点勇气。

“对不起，不应该和你说这件事的，但不知道怎么 ……”庄明歉意地对许晓云说，“你不会觉得我在骗你或者是个神经病吧，”他指了指餐桌上的照片，“她叫左琳。”

许晓云这才看到餐桌上有个白色的小相框，里面是一张黑白照片，一个脸圆圆的短发女人甜甜地对着她笑。照片前面还有一个小小的香炉。

那些离开的人。她想起了自己十岁的时候，外公得了胃癌，晚期，去世之前一米八几的大高个儿瘦得只剩一张皮，耷拉着挂在骨头上。她记得外公去之前突然有了点精神，从床上撑起身体，喊了一声妈妈的名字。妈妈奔过去，坐在床边抱住外公，外公头一歪就走了。妈妈紧紧抱着外公，大哭起来。那时候她就站在边上，完全没反应过来，那是她唯一一次经历亲人离去。她小时候和外公外婆一起生活。外公是个好好先生，每天下班回来都会用报纸包着一些零食，有时是一袋话梅，有时是一个苹果，外公每天都让她猜里面是什么。她就像条小狗一样，围着外公转啊转啊，拱啊拱啊，左猜右猜，脑袋拼命往报纸筒里钻，猜对了就抱着外公咯咯地笑个不停。想着想着，她的眼眶有点红了。她天性淡漠，父母在她还没出生的时候就离婚了，她没见过父亲，母亲也从不提起。母亲一个人在老家的牙科诊所工作，只有每年寒暑假的时候才见得着。小时候外公外婆才是她最亲近的人。但她仍觉得自己从小就是一棵孤独的树，她的种种，都生长于这片孤独。

对面这个叫庄明的男人，他现在也是一棵孤零零的树，立在北方的荒漠上，不落枝叶，树干枯萎，无动于衷。

“您别难过。”许晓云觉得自己的声音很空洞，她坐回到沙发上，看着他，不知道该如何安慰这个陌生人。

“好多了，搬到这儿来好多了，原来在家里受不了。”庄明把头转过来，对许晓云咧了一下嘴，“你和左琳的声音真的很像，人的感觉——”他迟疑了一下，“也很像，看到你，让我觉得至少我还活着。”他有点不好意思起来，坐在许晓云对面，微微弓着背，两只手整齐地放在膝盖上面，裤子有点皱了，他低下头用手试着捋了捋皱褶。

许晓云坐着，看着盘子里的几片西瓜，突然想哭。这样可能会让她自己好受一点儿，不知道为什么，她觉得自己突然喘不过气来，仿佛比对面的那个男人还要难过；但她知道此刻如果她失声痛哭，只会让这个充满意外的下午变得更加荒唐。可是，她的生活不就是因为自己的荒唐而变得更加荒唐了吗。

“你，你没事吧？”庄明感觉到了什么，他慌张地站起来，以为是自己惊扰到了她。他走到沙发边上，弯下腰，注视着许晓云。

许晓云不敢看庄明，她屏住呼吸摇了摇头。

“对不起。”许晓云和庄明几乎同时对对方说，说完俩人都不太好意思地轻轻笑了。

庄明第一次觉得，这间屋子三个月以来终于明亮了一些。柔和的光线铺洒进来，而此时窗外的天色却完全暗了，阳光在灰色的云层后面急速地隐退，吹进来的风越发地腥热狂乱，混着泥土的气息。不知谁家的花盆被风吹了下去，落在地上，发出了沉闷的碎裂声。

“你好像有什么心事吧？”庄明在许晓云面前蹲下来，关切地问。他离她那么近，比想象中的一切距离都近。

许晓云摇了摇头。“没有。”

屋子里突然响起了一阵隐隐约约的手机铃声，一首流行的情歌，像从什么地方漏了进来，还有什么东西摩擦着地板的震动声，嗡嗡的，固定的频率，仿佛一种神秘的电报。许晓云立刻意识到，这是她手机的铃声。她四下张望，想起来她的手机，在楼上的手机。她抬起头，仰着脖子，微微张着嘴，声音隔着头顶的天花板，薄薄地，渗透下来。铃声停了，过了十秒，又开始重复刚才的旋律。

屏幕上显示着“老张”来电的手机，在楼上客厅的地板上歌唱，震颤，摩擦，痉挛。

“是我的手机。”许晓云站起来对庄明说。

八

傍晚六点，雷声隆隆滚过天空。天色一片灰暗，一场暴雨即将到来。风卷起一切能卷动的东西，尘土，垃圾，树叶，被吹落的纸，遗落的语言。人们在树下小跑起来。夏天的大雨有不可阻挡的气势，是一个粗暴的男人，不由分说地对所有的狂热和躁动按下了一个暂停键。

此刻8号楼对面的15号楼，住在301室的男人赶在大雨之前回到了家。他一进屋就脱掉了汗涔涔的上衣，扔在地板上，然后光着膀子从冰箱里拿出一罐冰啤酒，边喝边走到窗户边打量天色。对面楼里正对着的那间屋子，窗户正从未有过地大开着，白色的纱帘被风吹得像旗帜一样飘荡，屋子里的人时隐时现。

他定了定神，瞪大了眼睛，发现对面的屋子似乎和往日有些不同，多了一个女人坐在客厅沙发上。那个常常站在窗前抽烟、神情呆滞的男人此刻正蹲在沙发前，似乎正在和那个女人说些什么，双手扶着她的肩膀。然后那女人似乎是哭了，似乎还把脑袋伏在了男人的肩膀上。他睁大了眼睛想看得更清楚些，但此时风突然小了很多，纱帘垂了下来，遮住了他的视线。

他无奈地举起冰啤酒，猛喝了一大口。令人舒服的凉爽，他嘴里禁不住发出了决堤般的声音："哈——"

"吃晚饭了。"他听到老婆在厨房里喊。

伤心乳头综合征

一

程朗在飞机上看到了一个自己前年拍的国产口香糖广告。他坐的是经济舱，那个小小的电子屏幕高高悬挂在离他三四排之外的地方，他有点近视，画面显得很模糊，但他闭上眼睛也记得起里面的每一个镜头。一个粉雕玉琢的年轻男孩骑着一辆白色的自行车入画，停在一个穿白色长裙的长发女孩身边，他递给她一块口香糖，女孩回过头嫣然一笑，大特写洁白的牙齿和晶莹的眼神；然后男孩就拉起女孩的手在花园里跑，他们对着镜头无声慢速地笑着。叠化一盒巨大的口香糖。出字幕："天使の吻"。非常平庸的广告创意，但是每个镜头都很标准，都很完美。

飞机突然剧烈地颠簸了一下，屏幕黑了，安全带的警示灯亮了起来，乘务员在广播里提醒大家有气流影响。程朗把身体紧紧靠向座位，脸上露出了微微嫌恶的表情。他想起来拍这条广告的时候，曾在盒饭里吃到过一块乌漆墨黑的抹布，他以为是肉嚼了半天，此刻那种恶心感又重新迸发了出来。一直以来，他看到自己拍的广告都会想马上转过头去。广告是一种一切逻辑都建立在制造幸福感上的东西。在这个世界里，要获得幸福的秘诀很简单——消费。消费令你快乐，消费让你获得安全感，消费使你觉得归属了一个阶层或群体；消费给我们贴上标签，让我们觉得我们正在改变。递一块口香糖就能得到爱情，驾驶汽车像超级英雄般穿过泥泞，主妇在不伤手洗衣液里得到了巨大的自由和解放——程朗没拍过让人不快乐的广告，而他自己，在那些乱七八糟的拍摄现场、鸡零狗碎的甲方乙方之间、精致浮夸的PPT里，除了拿到钱的那一刻，几乎从来没有感到过任何快乐。

气流过去了。那个广告又开始循环播放，机长在广播里提醒大家飞机开始降落，半小时后抵达上海，地面温度三十摄氏度。一个瘦高的空姐走到程朗的身边，俯下身体，用轻柔的声音把邻座昏睡一路的大哥叫醒。他感觉她脖子上彩色的丝巾在他的头顶轻轻拂过，明明没有碰到却觉得头发被一丝一丝撩到发痒——他想起来自己已经有快半年没碰过任何女人了。他在亲密关系上有点儿洁癖，况且和一个女人长期相处真的是太麻烦了。不过此刻他强迫自己把视线从空姐的身体上移开，把头转向了舷窗，炫目的日光穿过那些云和云之间的缝隙冲向了他。他闭上眼睛，感受到了飞机的下沉。

来上海是为了一条婴儿奶粉广告。他下了飞机就直接去制作公司开会，再看完棚里正在搭的景，已经是晚上十点多了。有人提议去巨鹿路喝酒，他推说和老朋友有约就一个人先回了酒店。他很熟悉这家酒店，七年前他的第一部电影在这里的天台上取过景。那里可以看见大半个上海璀璨如银河般的夜景，在被人类惊人的工业创造力感动之后，他让电影里的女主角从这里跳了下去。四十八楼。他径直坐电梯到了顶层的酒吧，一个白人男领班在门口向他微笑致意。他在爵士乐里穿过一扇光线迷幻的玻璃砖墙，像在北京那样径直走到吧台边坐下，要了一杯他习惯口味的威士忌，加了巨大的冰球。这几年他已渐渐受不了那些过去常去的热闹而局促的民谣小酒吧，他也几乎不再喝啤酒，热量太高，而且，太平淡。

他从吧椅上转过身，远处是徐家汇商业区通天塔般放射的光柱，夜空深处的绚烂灯火仿佛上帝搭建的乐高玩具，闪着光，放着电。酒吧里的音乐和灯光有一种恰到好处的不现实感，暗色镜面的装饰墙上折射着幽暗的影子，雪白衬衣黑色领结的调酒师对他一丝不苟地微笑，在他走进来的一刻就已经在心里判断出他是个什么样的客人。至于音乐，程朗听出那是切特·贝克的，老腔老调，中产阶级的最爱。这里和他拍的那些广告一样，时髦，完美；消费的幻觉让人放松和愉悦，感官的乐土只要喝几杯就可一步踏入。他要了第三杯酒，很快就像一坨冰块般融化在酒精里，和口腔里百转千回的麦芽层次混合在一起；身体里有一条通往火焰的管道，有什么东西尖利地穿越而过，喉咙里咯吱作响，像野兽沉吟时发出的声音，细听一下，却依旧不过是加快了的呼吸和心跳。

开始了。程朗知道自己的脸上这会儿已习惯性地浮起了一丝轻佻的表情，年轻的调酒师和他相视而笑。他四下张望，但他不想和任何人说话。酒吧里只零零散散坐着几个人，一个穿黑色连衣裙的漂亮女孩坐在不远处，和一个胖胖的外国男人聊着天，她转过身，朝服务生挥了挥手，神情和容貌让程朗一下子就想起了一个女人。夏羽。她们颇有几分相像，眉眼细长，眼神闪亮，头发飞扬，裸露的手臂和小腿纤细修长。他目不转睛地盯着她看，黑色连衣裙女孩喝的是气泡矿泉水，淡妆，黑色直发，坐得很端正，不说话的时候一直在微笑。南方人，受过良好的教育，和老外不是亲密关系。程朗通过几分钟的观察下了这个结论。还有，她很迷人。

夏羽也是，而且她的美更难以言述。程朗发现这个几乎快被他遗忘的名字突然开始在他心里翻滚起来，一遍一遍地碾过他被酒精刺激过的血管，通往心脏。夏羽就住在这个城市，他们曾经非常亲密，但他们已经很久很久没有任何联系了，一年？两年？他不确定。这两年也许是酒喝得太多的关系，他的记忆力变得越来越差，他的微信没有朋友圈，所以看不见听不到任何关于她的藕断丝连和蛛丝马迹。她噗的一声就从程朗当时的生活里消失了，让他难以考证她的存在。

程朗转过身，又叫了一杯余市15年。

干杯，夏羽。他朝着那个黑裙女孩的方向举了举杯，一饮而尽。

第二天上午依然开会，拍摄方案还在调整，甲方突然提出了新的要求，觉得婴儿奶粉“生命原动力般的质感”还不够，然而程朗一停下来满脑袋里走来走去的都是夏羽，记忆仿佛启动了自动修复程序，一行一行地跳出来。他淹没在七嘴八舌的奶粉质感和写满白板的方案里，挣扎着想念那个美丽的姑娘。她的笑容，闪着光的眼睛，柔软结实的臀部，湿漉漉的卷曲发尾慢慢变得干燥蓬松。他喜欢和她一起裸着在床上抽烟，把头埋在她的脖子和头发之间，深深体会她肉体和发丝混合在一起的甜香。他依稀仿佛想起来最后他们吵过一架，但又不确定。具体为了什么吵架，以及为什么后来就没了联系。他为什么不再找她呢？这使得他更迫切地想要见到她，仿佛这样就能帮他找回一点昔日时光似的。他意识到自己的时间和记忆出现了一个很大的断层，那会儿，至少我还会和一个姑娘纠缠，他想。

中午他坐在卫生间的马桶上，在微信里找到了夏羽的名字。他试着给她发了信息：我在上海，有时间见面吗。他没有用问号，因为他并没有征询她意见的意思。白底黑字嗖一下飞了出去，看来夏羽姑娘既没把他删除也没有把他拉黑，他感到了一丝侥幸，然后他看到刚才发出去的那句话上面，是两年前的4月15号凌晨三点半，夏羽发给他的最后一条讯息：滚！再往上拉，是她在那天晚上十点多发过来的一张妩媚动人的自拍照，她噘着嘴趴在床上，看着镜头微笑，还有一个东三环位置的酒店定位地址，程朗茫茫然地点进去，又退了出来。

他终于想清楚经过了。她来北京出差，给他打电话，第二天一早要走。她把酒店地址发给了他，他答应了但没去。后来她一直给他打电话，他就把手机关了。和简一清没关系。他没忘记那天，他喝多了，老方来了，和他说他们攒了三年的那个电影，最后一个投资方也撤了，然后他们还欠了编剧和前期筹备团队一大笔钱。后来那一段时间他觉得一切都挺没意思的，天没黑就开始喝酒，跟别人去西藏转山，找了上师皈依，就差吸毒和抑郁症了。与此同时他的妻子简一清却一路高歌，成为拍卖会上一幅作品拍到近百万的知名青年画家。所以后来是简一清帮他把欠大家的一百多万付清了。从那以后，他就开始拍广告，不再想拍电影的事，也不再信佛。

那时程朗和夏羽曾经上过几次床，感觉也都很不错，在一起的时候相互渴望，像两个刚度过初夜，仍需要无穷无尽探索对方身体的学生。她在上海，他在北京，平时联系得不多，只是在到对方城市出差的时候才会默契地约会一下。有时间的话，他们会像恋人一样一起先吃个饭，看场电影，散个步。她在黑暗的出租车里把手放到他那儿，他假装若无其事地感受着她的摩挲和抚摸，直到无法忍受地按住她的手。如果第二天早上不用早起，他们会整夜不睡觉，不是在做爱就是抽烟聊天，或者把酒倒在对方的身体上吮吸干净。

夏羽的脸和身体在程朗见过的女人里面，算得上一流，但她又是那种不太把这些当回事的姑娘，甚至为此感到十分烦恼。认识程朗之前，她曾经是个演员，演过几个电视剧里不起眼的小角色，都不太成功，因为她几乎没有演技。

感受不到的东西我完全演不出来嘛。她噘着嘴说。

她不知道自己为什么要当一个演员，为此痛恨美貌给她带来了这份深刻的困惑，这份因为职业而导致的不自信成为她生命里极少的阻碍之一，而这种才能和天赋错位的拧巴又使得她显得更加单纯而茫然。成为一个等待被重新塑造的女人，这对一个美丽的女人来说，或者说在一个野心勃勃的男人看来，是一件多么性感的事。但程朗没想那么多，也无能为力，他还没蠢到觉得换一个伴侣就能改变生活、改变困境的程度，何况简一清除了从来不让他碰她的乳房和不会做饭以外，作为一个妻子几乎无可挑剔。他和夏羽既亲近又疏远，既彼此欣赏又相互嫌弃，好像这样才能维持一种平衡。至于夏羽，为什么她对那些围着她转的有钱人毫不上心，而是和他厮混，大概是因为她觉得和一个导演在一起，是对过去一种难舍的追忆或者对自己的补偿吧。

午后被无限拉长的时间里，听不到时钟嘀嗒的等待，窗外的阳光渐渐收敛，夕阳慢慢投射到酒店的纱帘上。程朗又看了眼微信，回复了几个工作消息，夏羽的名字里还是一片沉默。他走进卫生间，想干点什么不费脑子又能打发时间的事，于是他洗了把脸，撕开酒店里一次性剃须刀的塑料包装袋，开始刮他那很久很久没刮过的胡子。他在旅行包里没找到电动剃须刀，与其说忘带了，不如说是他根本就不知道那玩意儿放在哪儿。和简一清离婚以后，家里很多东西他可能都需要装上导航才找得到。

镜子里有一张中年男人的脸，额头和鼻翼两侧已经有了几条明显的皱纹，还没发福，但眼袋在灯光下显得不可回避地肿胀。他在下巴上打满白色的泡沫，随着左手的刀片慢慢滑过那片泡沫，他听到胡子根部在断裂的时候发出了极其微弱的咔咔声。每刮一下刀片上就会摞起一团厚厚的毛发，像废弃的下水道垃圾。下巴上逐渐露出青灰色而微微泛红的皮肤，程朗陌生地看着那个左半边脸上覆盖着络腮胡子和白泡沫的中年人，眯起了眼睛。

手机突然在台面上震动起来。他没有防备地手一颤，下巴上一条细小的血痕慢慢渗了出来。靠，老方。

“喂。”他没好气接起电话。

“嘛呢？”

“在上海，拍个奶粉广告。”

“奶粉？”老方在电话那头干笑了几声，“我需要，给我捎几罐回来吧。”

老方刚生了第二个女儿，程朗还没来得及调侃他，他接着说道：“给你揽了个活儿。杰总想弄个青春片，我说你挺适合的，但得你自己写剧本。”

“写不了。”程朗干巴巴地说。

“嘿！”老方大叫。

“写不出来。”

“什么叫写不出来，你可是当年拿过编剧奖的导演啊！”

“真写不出来，才华不见了。”

“我去！什么叫才华不见了，怎么说不见就不见了？你再找找，没准儿能找回来。”老方急了，开始大声嚷起来，“我看你他妈就是懒，就是怂，你打算一直拍广告吗？啊？”

程朗没说话。

老方叹了口气：“简一清找过你吗？”

“没。”

“怎么样，自由的感觉如何？”

“好极了。”

“徐皓峰老师可说了，辜负一女的，运势要毁三年。”

“那祝你好运。再见。”程朗挂了电话，看到手机屏幕上居然多了一条夏羽的微信：好啊。你在哪儿？我有个活动，晚上结束了我来找你吧。

他把酒店的地址发给了夏羽，然后用最快的速度刮干净了胡子，下巴轻松了很多。他觉得自己新了一点，然后他带着下巴上湿润的，淡淡香气的皮肤一头扎进了酒店松软的床里，很快睡去。

等他醒来的时候，他听到了门铃声。房间里黑漆漆的，他在床上发了几秒钟呆才反应过来，然后光着脚跳下床，跑过去打开门。他看见那个叫夏羽的姑娘站在门口，望着他，裸露的肩膀和锁骨上有着线条优美的阴影。她微微仰着那张光洁细腻的小脸，整个人在灯光下散发着珍珠般的光泽。他们站在那儿一动不动相互注视着，她对他展开微笑，笑意里仿佛不过是昨天才分别，他欣喜地伸出手去揉了揉她的头发，然后用双手搂住她的肩膀，紧紧地握了她一下。夏羽抿着嘴羞涩地笑了。

她挽了一下肩膀上的背包带，想起包里面那盒刚才在附近便利店买的避孕套。

“外面下雨了吗？”程朗摸到了夏羽潮湿的发梢，轻声地问她。他觉得胸腔里空洞了很久的东西，在这一刻瞬间膨胀饱满了起来。

二

如果不是那个便利店的收银员男孩进储物间去拿新的收银纸了，夏羽也不会因为无聊的张望看到它。

那个粉红色的小东西，静静地躺在收银机和货架的夹角下面，被它的主人遗忘在那里。是那种夜市地摊上常见的廉价塑料零钱包，很旧、心形、手掌心大小，艳俗暗淡的粉红色，拉链只拉了一半，像张着一张黑洞洞的嘴，在对她挑衅地说着什么。夏羽盯着它，觉得整个人被这个小东西牢牢吸附住了。虽然这个零钱包还没有她身上背的包的一个拉链头贵，但她却几乎不能挪开自己的眼睛。莫名其妙。她对自己警惕起来。一个粗心大意的笨女人，她想象着零钱包主人的样子，脸上长满了青春痘的女中学生，理发店穿松糕鞋的洗头小妹，饿得要死进来买了一个打折的面包或者一杯关东煮，然后随手把零钱包放在收银台面上，匆匆忙忙接过食物，撕开包装在大街上边走边吃。

让这个脏脏的小东西留在这里毫无意义，为什么不拿走它呢。夏羽低下头，仔细观察着小东西的方位。它躺在自己斜右上方大约30度角的地方，她往右挪一步就能挡住排在她身后那几个小男孩的视线，一伸手就能握住它。她用手理了理垂落到脸上的头发，舔了舔发干的嘴唇，有点紧张，但更多的是跃跃欲试的兴奋。像站在她身后那几个因为瞥见她买避孕套而躁动起来的男高中生，她也想破坏点什么，正常的、规矩的什么。把它拿走，为什么不。胆小鬼。没有人会知道。它是你的。她把这一刻视为一个对自己的挑战，生活的纵身一跃。她伸出手捏住那个小东西，仿佛手里握着一条随时会滑走的鱼，迅速地把它揽进了自己的小包里。

储物间的门被推开了，夏羽抬起头，看见那个瘦小的收银员走了出来。她合上包，听到锁扣发出了安全的声音。

在这之前，今天一天她都过得极其狼狈。上午的时候，前几天刚卖出去的一尊元代佛像因为在运输的过程中断了一只手，被退了回来，她在物流公司、保险公司、买家和老板来来回回的电话和微信中都快要爆炸了。晚上去那个无聊的行业酒会穿的裙子又选得太暴露，她一出门就后悔了，但是没时间回去换，走在路上不断地被路人回头，毫无安全感。她对挑逗别人毫无兴趣，只觉得这段路又长又狼狈。她还很后悔自己为什么要友好地甚至可以说热情地回复了程朗的微信，为了显示自己是个心无芥蒂成熟大度的女人吗？程朗以前总是说她幼稚。她想过再遇到他，要对着他尖叫，朝他扔东西，对他说那些最尖酸刻薄的话；或者视若无睹，毫不搭理，让他难堪，让他见鬼去。可是，突然下起大雨。一切都乱了。穿了好几次的高跟鞋突然开始挤脚，大拇指被压得生疼。刚才在超市买水的时候她甚至还顺便买了盒避孕套。直到她看到那个让她鬼使神差的粉红色零钱包。

夏羽在一盏昏黄的路灯下停了下来。雨已经停了，她用手甩了甩脖子后面沾着黏腻汗水的头发。是我捡到的，她对自己说。她打开包，把那个粉红色的小东西攥在手心里。零钱包的塑料膜上布满了陈旧的划痕，底部已经磨花了，看得出来它的主人已经用了很长时间。她想起自己小时候的那些床头和房间里的玩具，陪伴她很久，粉红色胖鼓鼓的毛绒熊，穿着蕾丝长裙的塑胶娃娃。印满了玫瑰花的礼物包装纸被撕开，生日蜡烛发着光唱着旋律单调的电子歌，她的辫子上扎着红色丝带的蝴蝶结，在那个世界里，少女所有的蠢笨和任性，都能得到大人们最热切的呼应，被视若珍宝。但那样的时光，像剪影一样，已经都消失了。

她拉开小东西的拉链，看到里面有几枚硬币和一粒小小的塑料扣子，悬着的心终于放下了，如果有什么贵重的东西——当然这几乎不可能——她会被要不要把零钱包放回去的念头折磨死的。然而似乎还有什么东西在里面。昏暗的光线里，雨滴从摇摆的树叶上落到她脖子上的时候，她还是看到了点什么。她把食指和拇指探进去，摸到了一小撮毛发。细细的一小撮深棕色的毛发，从哪里剪下来，比她大拇指短一点，略微卷曲着，被一根长长的黑头发打了结捆着。她盯着这撮毛发疑惑了几秒，突然间明白了那是什么。她感到一阵恶心，在心里发出一声尖叫，把手里的粉红色小东西和那撮毛发朝边上的垃圾箱扔了过去，它们像被击中的麻雀般掉落在地上肮脏的水洼里，溅起了一些泥水。但拿着那撮下体毛发的感觉却似乎依然附着在手上，像刀子一样刻进了她的皮肤里。夏羽慌乱地从包里掏出纸巾，用力地擦着手，把手指放在树干上蹭着。她扶着树干呕了几下，像被什么东西冒犯了，眼泪因为身体的抽搐跟着涌了出来，停在眼角，满满的，却终于没有流下来。

然而雨又开始下了起来。

三

“来。”程朗轻轻地握着她的肩膀进到了房间里，他从后面搂着她，把嘴凑到她的耳边。呼吸钻进夏羽的耳朵，她的耳朵很敏感，又痒又热，火花沿着耳朵里的导火线噼里啪啦往心里燃过去。

她捏着火苗，躲避着程朗的手贴着她身体传递过来的潮湿和热度。在经过门廊镜子的一瞬里，她看见自己的头发、小腿、裙摆、唇膏、眼神、微微上翘的嘴角都已经被重新整理得无懈可击，镜子里有一个看起来无可挑剔的女人。干呕和眼泪，小腿上的泥点擦得干干净净，一遍又一遍地洗手——她在酒店大堂的洗手间里待了很久，直到右手拇指和食指上那刀尖般扎人的毛发感渐渐退散，她才走进电梯。

她爱过他吗。不然为什么他一重新出现她就决定要去见他。中午她去物流公司处理佛像的事，在食堂吃工作餐的时候看到了程朗的微信，她又问了自己这个很久以前就曾问过的问题。她对他总是克制的，在心底永远保持几分距离；然而她又非常信任他，她确信他们互相给予、传递过一些不会轻易示人的东西。她在酒店柔和的灯光下给他念过去的台词，她演旧社会身世可怜的舞女，目中垂泪，穿着缎面睡衣死在不爱她的共产党员的怀里。

认识程朗的时候，她已经回到上海，彻底放弃了做一名不入流演员的想法。她帮那个著名的文物古董收藏家卖古董，薪水和提成很高，来的都是有钱又风雅的中老年男人。她不懂文物，但做事细致认真，只需要执行和保持美丽就好。老板对她也不错，因为夫人太厉害又是文化界名人，他虽然欣赏她但也绝不逾越半点规矩。她也自知，行事说话加倍端庄检点，平日工作场合宽袍素颜，不给别人半点口舌和偏见的机会。即便是花瓶，她也是白瓷，而不做粉彩；然而那个漂亮壳里装着的，从来没有走出来过的自己，是沉默的火山和老树的年轮，向内生长，越来越深。

物流公司写字楼地下一层的食堂里散发着猪肉、蔬菜、酱油、米饭和各种咀嚼混合的气味，嗡嗡嗡的说话声被坚硬的水泥墙弹回来，加倍地放大，不锈钢小碗里的西红柿蛋花汤上漂浮着一些油花。那些脖子上戴着工牌，穿着统一工服的人在她身边来来去去，回过头看她。你要先忘记自己，再面对自己，才能成为真正的你，这就是自我，本我，超我——这是程朗对她说过的话。她常常想起这句话，但一直都不太明白确切的意思。她也看过他写的电影剧本，她觉得如果他少一点自恋，会是一个能出来的导演，但这些和她又有什么关系呢。夏羽端着塑料的红色托盘从座椅上站起来，把几乎没怎么动过的午饭一股脑儿倒进了垃圾桶里。

“你还记得我呀？”夏羽靠在门廊的墙上，朝他扬起弧度完美的下巴，半挑衅半挑逗地说。程朗笑了一下，满是歉意，他想说什么，手机却响了。他把双手绕到夏羽的身后，贴着她拿起放在桌子上的手机，夏羽几乎感觉到了他脸上汗毛的摩擦。他看了眼屏幕，皱了皱眉：“我接一下，工作。”他指指手机，一边对夏羽抱歉地说，一边用手拨开了遮住她半边脸颊的头发，轻轻碰了碰她的脸，然后拿着电话走进了卫生间。

夏羽摁下顶灯的开关，只开了一盏廊灯的昏暗房间变得明亮了些，像溢出了炉火的温暖的光。落地玻璃窗上恍惚地映着对面高楼马赛克般的彩色灯火，有什么在遥远的地方一闪一闪，她看见自己的影子在玻璃上叠着这窗里窗外，犹如昔日某个静谧美好时刻的重现。白色床单上有程朗刚才睡过的深深皱褶，一只蓬松的枕头跌落在床头，屋子里仿佛有一股刚出炉面包般的温香甜软。她陷在棕色绒布的沙发里，蹬掉了脚上的高跟鞋光脚踩在地毯上，大红色的趾甲铺铺张张，像一张张急于诉说的嘴唇。

程朗的声音断断续续从虚掩的卫生间门里传过来一点，他的声音和语气似乎越来越急躁，像是和别人争执了起来。夏羽完全想象得到他的表情。再见到他，出乎自己的意料，她像镜子一般平静，平整，坚硬，又易碎。难言的时光，一回头，看见过去的自己已经站在了很远的地方，可是时间有时候又需要你走过来自己动手在正文外面加一行小小批注。她想起第一次见到程朗，也是在酒店里，她站在那里，感觉得到走进电梯的那个高个男人在她身后一直注视着她，她有点不自在地偏着头，用手转着耳垂上的那粒珍珠，她一紧张就会去摸自己的耳朵。叮。珍珠耳钉从她的手心里滑出去，一粒小小的白色圆影子跃出视线，在地上蹦跳着，往电梯门缝的方向滚落进去。那是她最爱的一副耳环，她急忙蹲下俯身寻找。

电梯停在了一楼。“别急，我帮你。”身后的男人走上来，使劲用手把住电梯门。

她感激地看了他一眼。在门缝里搜寻，依然不见。男人也弯下腰来帮她找，一只脚顶着门，两个人一起狼狈地在地上摸索着。

“这里。”男人终于在缝隙里找到了那个小玩意儿，递给她。

夏羽红着脸道谢，程朗笑着站直。电梯门如舞台幕布般缓缓合上。

“真像我电影里的一场戏，我要写进去。”程朗后来对她说。那个剧本里有他们的影子，她想他应该一直没有拍成那部电影，那种欧洲文艺片调子的电影现在很难找到投资，每个人都摇头说爱情文艺片更不好卖，要爱情喜剧，要喜剧。爱情不使劲嬉笑怒骂就动不起来人吗，还是因为我们现实里的爱情都太陈词滥调了，人们觉得那根本就没什么好期待的。夏羽替程朗苦笑了一下，她的视线慢慢落在了手边的茶几上，上面放着一个棕色的男式皮夹，鼓鼓囊囊的，几张出租车票的尾巴露在外面。是程朗的皮夹。

她转过头去，使劲克制住要从里面随便拿走一点什么的欲望。她拿出手机刷了一下朋友圈，他还在打电话，声音微弱了些，她有点不耐烦起来。她对着白色的天花板发着呆，他应该付出一点代价，不是吗。她终于还是拿起了皮夹，打开，里面有一些钱，一些卡，几张名片，乱七八糟的收据和发票，写着字的黄色便签，混乱地放在一起，还有一枚钥匙，看起来是某扇大门的钥匙，和其他钥匙并没有什么两样。她决定给他一点惩罚，为自己来到这里，为他们的过往。她拿起钥匙，放进了自己的包里，然后把钱包静悄悄地放回原处。她反抗了他的怠慢，反抗了自己的等待，于是夏羽高兴了起来。

"你喝水吗？"程朗捏着电话从卫生间里走出来，脸上的烦躁还没有褪去，眉眼都耷拉着。他没等夏羽回答，就给自己倒了一杯水，仰着脖子咕嘟咕嘟大口喝完。"好。"他像是对自己轻声嘟囔了一句，走过来在正对着她的床边上坐下。床比沙发高一些，他个子又高，微微俯视着，眼神渐渐飘移到夏羽的猩红色趾甲上。

两人沉默着，刚才那种身体之间如同蜂蜜般恨不得让人舔掉的黏稠甜感，因为那个电话的意外打断而很快不复存在，她曾经熟悉的冷漠在程朗空洞的眼神里又浮现出来。

"你戒烟了？"她问。环顾房间，她没看见烟和打火机。

“嗯。”他抬眼看她。

“我也戒了。”

程朗盯着她看了一会儿，眉眼慢慢舒展开来。

“你还那么美。”他说。

她捧着自己的脸，轻轻摇头。“挺操心的，我胖了点，还开始掉头发了。”

“还干着那个工作？”

“是啊，不然呢。”

他点点头，表示同意。

“你呢？”

“拍东西呗，还行，挺好。”他身体往前挪了挪。

“广告？”

“广告。”

他们都有点失望。

“那个，你知道伤心乳头综合征吗？”程朗突然没头没脑地问了她一句。

她摇头。“什么……乳头？”

“一种——不，也不能算病。就是有一种人，男女都有，你一碰他的乳头，他就万念俱灰，一片空白，觉得特别伤心，像抑郁症发了一样想立刻去死。不碰就完全没事儿。就像身体的一个开关，开了，电流过去，关了，一点电流都没有。”程朗停了一下，欲言又止，“就这样。”他摊开手，放在自己的膝盖上。刚才是简一清打来的电话，离婚以后他第一次听到她的声音，他很想问她他的剃须刀，护照，移动硬盘，还有那件Thom Browne的黑色衬衣都放哪儿了。她打电话来责备他弄丢了她工作室的钥匙，他们没说几句就又像以前那样吵了起来。她在她的画室里，屋顶很高，电话里她的声音，每一句都像是用扩音器喇叭喊出来的一样。后来她突然哭了起来，他就不再说话，等她平复。她说不好意思她在准备下个月的个展，压力实在太大了。他说他在上海拍奶粉呢。然后他们就挂了电话。

“还有这样的人呀，这也太奇怪了吧。那就不要去碰那个地方好了，谁都不能碰，是只属于自己的秘密。”夏羽有点疑惑，“不过，为什么说起这个呢？”

“挺想你的。”程朗转了话题。

夏羽愣了两秒，开始笑起来，整个人在沙发里微微摇晃，头发滑到脸上遮住了她半边的眉眼，她在笑他们的“爱情”。她突然想起了简一清，她曾经在网上看过她的画，她很喜欢她画的那些纤细的马卡龙色的女性身体，带着浅棕色空洞透明的瞳仁，呆滞或者忧郁的神情，脚上穿着有胡须的红色高跟鞋，在阴部开出鲜艳的花朵。她觉得那就是自己。

远处摩天大楼上的霓虹灯闪了起来，投在她身后的玻璃墙上，也映在她的脸上，有了些捉摸不定的光晕。她得承认，她不知道要不要会不会和程朗为这一次见面做点什么，她对他没有欲望，但如果他有，她也很难拒绝。而以她对程朗的了解，他绝对不会准备避孕套那东西。如果说那层涂了油的橡胶薄膜是她对自己最后的防卫，她能做的也只有这件事了。这一刻，那个被她扔掉的粉色零钱包，那颗布满伤痕的塑料心里，那撮小小的阴毛似乎又突然一下子跳出来，粘在了她的手上。

她从沙发上慢慢站起来，向程朗伸出双手。

简一清的乳房出现在了这个房间里，他们假装没看见，跳过去，忽略了，因为谁都不能碰嘛。

星期一，牛油果熟了

星期一的傍晚七点，陈洛在小区停车场停好车，熄了火但没有拔下钥匙，发动机叹了一口气，安静下来。今天一共讲了五堂雅思语法课，运转了一天的脑袋和嘴巴此刻彻底松懈下来。他像一条在岸边搁浅的鱼，趴在方向盘上一动不动发了会儿呆，然后坐直身体，让自己切换到另一个模式：把驾驶座的玻璃窗降下来一些，让新鲜空气流动进来；从副驾前面的抽屉里拿出鞋袋，抽出那双可以折叠的羊皮拖鞋；换下白球鞋，把双脚放进黑色的拖鞋里；座椅调到45度他最舒服的角度；从双肩背包里找出Kindle，昨天他读到《万物简史》的第148页。暖黄色的灯，黑色的座椅，车里米色的内饰，和车窗玻璃分隔开的视野一起在四面围裹着他；窗外是庞大又卑微的住宅楼群，黄昏的光和世声依稀可辨，但他只和他的寂静待在一起。Kindle屏幕上灰黑色的字在他眼前慢慢展开。他把后背靠向椅背，像摩西分开了红海。

几乎没有人会注意到这辆停在东区停车坪上的黑色本田，一个年轻男人常常会在傍晚的时候独自坐在汽车里看上半个小时甚至更久的书。父亲葬礼之后的那个夜晚，他回到北京，突然发现一个人坐在车里看书，有他宽敞明亮的书房也不能给予的“自己和自己待着”的真切感，仿佛被什么紧紧拥抱着。过去的几个月里，他常常一个人深夜在一百多平方米的家里踱来踱去，从这个房间走到另一个房间，从一张椅子坐到另一张沙发，仍然觉得手脚无处安置。他知道自己这样有点怪，但是有什么关系呢，他够正常了，太正常了，他足够厌倦自己的正常，走在街上他会瞬间消失在人群里。他觉得，这个小小的怪癖，证明了他在这个世界上也是一种特别的存在。

“牛油果烤鸡蛋：牛油果一个，对半剖开，去核。在挖空的果核处放入鸡蛋清，撒上些许碎起司，放入烤箱，180度烤十分钟。撒盐，黑胡椒，即可。”

如果这世界能发明一种胶囊，每天吞两粒就可以代替一日三餐，陈洛大概会是第一批拥趸者。他向来不喜欢在食物上花费太多的时间，觉得口腹之欲是一种低级趣味。小时候父母工作很忙，父亲总是不在家，母亲也不爱做饭，她闲时只爱看书写文章。他就跟在她后面拣自己喜欢的书看，一边看一边啃母亲买给他的面包，要么就是母亲从单位食堂里带回来的红烧大排。那时家里常年备着满满一冷冻柜的速冻食品。你看，猫猫狗狗吃得最多了，吃太多会变蠢变贪心，要节制，她总是这么讲。在澳洲读书的那两年，他靠冷冻匹萨和汉堡薯条度过大量的时日，竟然也没有厌烦。回国之后更加不能理解浓油赤酱和麻辣鲜香代表的食物审美，一个人时最常吃的是自己做的简易火腿三明治、粥和白煮蛋。但最近他却不可思议地贪恋上了牛油果的味道。他记得自己几年前第一次吃这个东西时，还觉得像是在吃肥皂般可怖的化学合成品，但现在却在手机备忘录里收集了各式各样的牛油果做法。

陈洛有轻微的洁癖。家里的厨房总是一尘不染，明亮得像个发光体，几乎所有的物件都被陈洛收到了橱柜里面，台面上只有微波炉、烧水壶、一个他常用的白色马克杯和一个木质的果盘。他在家里找到三个牛油果，想试着做一下那道牛油果烤鸡蛋。却发现一个都不能吃：那两个刚买的完全没熟，碧绿的青色，摸上去像石头一样硬邦邦；剩下那一个又过于熟了，他忘了是什么时候买的，疙疙瘩瘩的黑色表皮摁下去是一种可怕的空洞塌陷感。他不甘心，切开那个牛油果，里面的青色果肉果然已经烂成一丝一丝的黑絮——在想吃的时候手边的牛油果拥有恰到好处的成熟，这样的运气简直好到像掌握了一种神秘的咒语。就连村上春树也在书里写：“世界上最大的难题之一，恐怕就是预测鳄梨（牛油果）的成熟时间了。”

不，他握着那两个生涩的果实想，世界上最大的难题，是无法预测我们什么时候会分离，什么时候还会重逢。

那天被高中同学拉进微信群，他没想到林溪也在群里面，他有快十二年没有再见过她的样子。他一条一条仔细地翻看着林溪更新得不多的朋友圈：她嫁人了，住在夏威夷，一个陈洛从来没去过的地方；她比以前饱满了些，脸上有时间的痕迹；养了一条白色的萨摩耶；在花园里种花，在不同的盘子和餐布上搭配餐点；烤得焦黄的干酪面包，被紫色桑葚覆盖的酸奶，浓稠的蔬菜牛尾汤——一切都指向她已经成为一名幸福的主妇。她写，一月，好天气。四月，花园里满是迷迭香的香味。六月，最爱的食物是从冰箱里拿出来的牛油果，浇上蜂蜜，或者和酸奶一起打成奶昔，清凉甜蜜，就像自己以前每到夏天就做的绿豆沙棒冰。

清凉甜蜜。那一刻陈洛浑身燥热起来，融化的绿豆沙冰棍，他清楚地记得那是什么样的味道。此后他再也未曾在38度夏日的夕阳下，像一只热铁皮屋顶上的猫，倚着天台上滚烫的水泥围栏来回徘徊。

那是高一暑假的一个傍晚，西下的太阳在远处视野里的两幢高楼之间沉沉落去。八月的杭州，是一个几乎二十四小时都被浸泡在暑热里的城市。他们坐在她宿舍楼顶的天台上，他第一次和她坐得那么近，屁股下面的水泥地被白天的烈日炙烤得依然发烫。学校操场橘红色的跑道上空无一人，远处是旧城区破乱的水泥屋顶和横七竖八的黑色电线。陈洛闻到自己身上骑了一路自行车的酸酸的汗味，他挪了挪屁股，离林溪坐得稍微远了点。

又停电了，还是这里凉快点，林溪用手扇着风说。他模糊地记得她穿着印着学校校徽的白色T恤和牛仔短裤，在落日的逆光里整个人都毛茸茸的。她打开怀里抱着的保温饭盒，递给他一根没有包装纸的冰棍，说，快吃吧，已经有点化了，一人一个。他接过来，冰棍是淡绿色的，已经有点变软了，放进嘴里，一股冰凉的绿豆沙味，甜而粗粝的冰碴在舌尖上滚动。好吃吗？林溪问。他点点头。我自己做的，厉害吧。她像小孩子一样得意地笑起来，咬了一大口自己手里的冰棍。他从未见过她那样笑过，那一刻他觉得自己得到了她额外的信任，仿佛变成了她嘴里的那块冰，被融化在她浑身上下散发的热烘烘的气息里。

陈洛，找我有事吗？她问他。他呆了一下，突然结巴起来，林，林老师，我下个学期要，要转学去北方了。她惊讶地看着他。爸爸调到北京去工作了，所以全家都要搬过去。她点点头说，也好，又问他，妈妈身体好点了吗？爸爸妈妈还老是吵架吗？他摇了摇头，又点了点头，说着话这会儿，冰棍融化的糖水顺着他的手指蜿蜿蜒蜒流了下来，结在手腕上，黏糊糊的仿佛一张绷紧的嘴。

好无聊啊，我也想走，她轻轻说了一句。然后转过头微笑着看着他，陈洛，你在写作上有天赋，不管在哪里，你一定要坚持写啊，有高兴、不高兴的事，你都可以写信、打电话给我。

告别的故乡，生病的母亲，不在场的父亲，想离开的她，想留下的自己。他有很多话想和她说，她不过比他大八岁而已，可是他却一个字也说不出来。他把汗津津的头埋在膝盖中间，看着灰色水泥地上自己的影子，十六岁的自己，只有一个笨拙而炎热的影子而已。冰棍的糖水滴滴答答不停地落在影子上，他来不及放进嘴巴，剩下的半截就啪嗒一声断落在地上。

食物如果有意义的话，一定是因为它和某种深刻的记忆相关。陈洛没有想到，十六岁夏天的那支绿豆沙冰棍，十二年后，会和一种来自遥远热带的水果发生着某种关联，但是为什么是牛油果呢？如果她说的是另一种什么食物，比如桃子、鸡蛋，这些也都可以吧。

他只是用力抓住一个能把这些联系起来的东西而已。正如他怀疑的，他所追索的也许只是那个时间里的羞怯少年而并非是她。

令自己意外的是，这段时间他试了好些牛油果的做法，像是在玩一个天真的探索游戏。从外壳的颜色和硬度判断成熟度，对半切开，里面有凝脂般的绿色果肉，用勺子挖掉中间棕色的核，把果肉和酸奶一起打成奶昔；切成片，和虾、生菜一起做成沙拉；最复杂的，是他花过前所未有的耐心把果肉捣烂成泥状，然后加入切碎的西红柿和洋葱碎丁，抹在烤过的面包片上，撒上一点黑胡椒，面包酥脆，果酱绵软清新。原本无味的牛油果，和其他调料食材搭配却能焕发出丰富的风味——他大口咬着，自己竟然有这样的快乐。

星期二。

细雨轻轻落在了汽车挡风玻璃上，陈洛抬头看了一眼窗外，又低下头去继续看书。他喜欢同时读几本书，今天他读的是远藤周作的小说《深河》，他跟着男主人公刚刚抵达炎热而混乱的印度，正要开始一段招魂的旅程。

陈老师，陈老师。有人在轻轻敲玻璃窗。

他吓一跳，把视线从手里的书上移开，看见贴了车膜的车窗外面有一个模糊的女孩身影，只好不太情愿地把车窗玻璃降下来。

陈老师，好巧啊。女孩笑得很甜，黑黑的大眼睛，举着伞，弯着腰，兴奋地朝陈洛挥手，打着卷的长头发垂落在锁骨的阴影里。

他认出她来。代代，你好。没想到这里也能遇到同事，他想起来，是部门新来的行政小女孩。他平时不坐班，所以和她并不熟，大概只说过几句话，他也不知道她全名叫什么，只知道大家叫她代代，或者戴戴？还是带带？

她笑眯眯地望着他说，陈老师，我好几天路过这里都看见这辆车，隐隐约约就觉得坐在里面的人像你，今天走近一看，果然是你。

陈洛的脸上有点臊起来，他打开车门，走了出来。雨点落在脸上，他用手抹掉，在难以形容的深蓝色云影下，他听到四周那些楼房的窗户里隐约传来了新闻联播的音乐声。

刚下班啊？隔着夜色，他问。是啊，加了会儿班。陈老师，你也住这儿啊？她问。他说，我住东区，车停这里。她说，太好了！我刚搬过来这里，离公司比较近嘛，我就住那儿，喏，8号楼805。她侧身指了指不远处正对着停车场的一幢灰色塔楼，又转回来看着他，哎，陈老师你没带伞啊，要不要一起？她举着伞朝他递过来。

陈洛往后退了一点，连忙摆手，不用不用，小雨，舒服。

她说，陈老师，平时很少在学校里看见你啊，很忙吧……我还听过你的课呢。

是吗？什么时候？他吃惊地问。本来还有一句，那你能听懂吗？他咽下去了。

她得意地大笑起来，却没回答他的问题。陈老师有空来我家玩啊，我做饭还蛮好吃的，我最喜欢请别人来家里吃饭了，哎，你爱吃辣吗，爱吃火锅吗……对了，我是和朋友合租的，我们还养了两只猫一只大狗，所以家里有点挤；不过每天和它们玩可开心了，你不讨厌小动物吧……

她说话语速很快，染的头发颜色黄了点，裙子材质有点像以前的蚊帐，是小女孩毫不掩饰的那种时髦。但陈洛似乎刚刚才发现，这个冒失闯入他世界的女孩有一种格外的动人之处，这多少冲淡了一点刚才被打扰的不快。在这一点上，他也和其他男人一样势利。在陈洛看来，女人无关其他，只分动人和不动人两种。动人就自有不一样的别致和闪光，能让他一眼就从人群里把她捞出来，虽然他也说不清"动人"的东西究竟是什么。至于偶遇，他从不期待和同事们发展深度的人际关系，他既不喜欢他们也不讨厌他们，本质上他们是像工蜂一样聚集起来的陌生人。所有的关系都是脆弱的，大部分语言也不过是多余的分泌物，他对他们和"集体"这个名词从无期待。他宁愿和自己相处，看书，运动，和陌生的女孩子约会。但在其他人的眼里，他绝对不是一个哪怕有一丁点儿孤僻和不好相处的人，相反，他是学校里人缘最好和考评最高的老师之一；对所有人几乎都客气礼貌周到，有求必应，是一起吃饭不会让任何人受冷落的那个人。但这些不过是一种控制自己恒温的教养和表演，他知道自己有多周全就知道生活有多荒诞。另一个他在他的生活之外，这使得他内心对别人始终保持一种近乎冷酷的冷静。

他的头发已经渐渐被雨水濡湿。她在说一些学校的琐事，说话的时候爱昂着下巴，眼睛在夜色里闪着光，似乎想要从他身上看出点什么似的。一只使劲摇头摆尾示好的小鹿。他想象着她从远处跑过来，圆溜溜黑漆漆的眼睛里闪着水光，头上长着两只小小的鹿角，轻轻地一顶一顶着他，她的热情和雨水一起淋湿了他的肩膀。

你吃饭了吗？他问她，他确实饿了。没吃的话一起去附近吃一点吧。好啊，她点点头，向他走近了几步。对了，陈老师，你要穿这双鞋去吗？她指着他的脚，捂着嘴窃笑。

他低头，看见自己的白袜子上还套着那双车里的软皮拖鞋，女里女气的。他也忍不住笑了，坐回车里换鞋。叫我陈洛，别叫我陈老师，就一培训学校，又不是真的老师，多对不住老师这两个字。他一边系着鞋带，一边从车窗里探出头对她说。

星期三。

星期四。

星期五。

每天讲着同样的PPT，说着同样语调的例句，带着同样职业的微笑。只是每天踏进家门的时候，陈洛都会想起来看一眼放在餐桌上的那两个牛油果，等着它们渐渐成熟，果壳由深绿慢慢变成深棕。

开门的时候，他接到继母的电话，说她明天就要回老家待一段时间。你爸爸的东西，你要是想留纪念，拿什么都可以，等我回来你过来拿喔。还有，她停顿了一下说，他要和你妈妈葬在一起这件事情，我想通了，不怪他了，大不了以后我过去和他们做邻居。

挂了电话，陈洛想想，没什么要拿的。他并不了解他，小时候父亲像过客，常驻哈萨克斯坦，一年看不到他几次；中间几年，气他对母亲不好，陈洛不和他讲话；再以后他们就像两个难得见面的远房亲戚，客客气气，相对无语。母亲去世两年后父亲又结了婚，继母也是浙江人，很会做饭。他印象最深的是第一次见她，那天是他十八岁生日，她刚好包了小馄饨，煮好笑眯眯地给他端过来。青花瓷碗里的汤底清亮，一只只小馄饨半透明的皮里透出粉红色的肉馅，像少女脸颊的颜色；勺子捞下去，浮上来碎紫菜和榨菜丝，碧绿的葱花。父亲坐在沙发椅里看他一只一只吃下去，手摩挲着红木椅子扶手，嘿嘿地笑。小时候母亲煮的都是速冻馄饨，浑浊的汤，味精浓重；有时候还半生不熟，他咬一口吐掉，还要被母亲敲一记后脑勺。小馄饨美味，可他渐渐生出背叛母亲的负罪感，吃着吃着慌张地囫囵咽下去。和继母生活后，父亲的脾气变得很好，戒了烟酒，迅速地发胖，面色红润。他们搬回到杭州后，除了上学时按时给陈洛汇钱，也不大联系。直到半年前父亲突然打电话给他说得了淋巴癌，已经写好遗嘱，他才惊觉自己从十八岁突然跳到二十八岁，而身体里和父母关联的那部分血液即将永远彻底地抽离自己。

他走到餐桌边，徒劳地捏一捏牛油果，什么时候才可以吃呢？这段时间他常常回到十六岁的那一天，他总是会想起那一幕，那也许是他人生第一次求而不得的巨大挫败。单向地，幻想地，炙热地，然后等待、茫然、愤怒、幻灭，之后的生活如同悬崖跳水，进入漫长的黑暗甬道——他在陌生的北京给林溪写信，郑重地手写，最近读了塞林格和周作人，写了新作文这边的老师却打了低分说他抄袭，和嘲笑他普通话口音的同学打架，这些，那些，干燥的愁绪，北方的城墙和落日。贴好邮票寄出去，但写给林溪的信和邮件自此却都杳无音信，如坠冰下。他鼓起勇气给她打电话也再没有人接，就算他连着打了七八遍。三个月后的一个周末，他偷偷拿了家里的一点钱，一个人坐火车回到杭州。他守在她宿舍的对面马路上，傍晚的时候终于看到她走出来，和一个瘦高的男人一起。他像个幽灵一样跟在他们身后。她挽起了那个男人的胳膊。他们手拉手。男人搂紧她的肩膀。他终于想起那个男人是谁，那个高三的化学老师，在学校联欢会上自弹自唱过齐秦的歌。他停下脚步，转身沿着马路走到北山路再沿着西湖一直走一直走一直走到灵隐路，在浓荫的行道树下他突然大步跑了起来，跑到上天竺，再跑到灵隐寺外“咫尺西天”四个大字下，青苔蔓延，竹影重重。第二天清晨他回到北京，父亲以为他失踪，看到他蓬头垢面地推开门，劈头两个耳光。他带着脸上五个红色的指印跟在他身后，心神俱碎，泪流满面。此后他不再喜欢上语文课，他的语文课作业总是交不出来，他没有再想过要成为一个“在写作上有天赋”的人。十六岁那个敏感不安的少年不值一提，对信任的人托付希望也不再说起，他用放弃自己的方式来对抗这一个个来自另一个世界的耳光和谎言。

所以，现在他是这个每天一遍一遍教人如何通过考试的，坐在车里看书的，无话可说的平庸男人。

那天在停车坪遇到代代之后，他就没有再在车里看过书。秘密被人撞破之后，似乎也就失去了独自享用的快感。他甚至试过把车开到小区的另一个停车坪上，像往常那样换上拖鞋，打开Kindle，却总是心神不定，看几行字就会停下来抬头张望。在呆坐的某一个瞬间里他突然意识到，小时候玩捉迷藏，最刺激的是被找到的那一刻，四目相对，恍然大悟，而那个直到游戏结束都不被发现的人，才是惴惴中最失落的。他不得不承认，他很少感到寂寞，却时常为此焦虑。

他喜欢女人伶俐又聪明，又躲闪于她们的控制和依赖，她们常令他加深对这个世界的困惑和不解，这让他始终无法保持一段长久的关系。性欲这个东西，和食欲一样，老实说他也不大瞧得上，男人长那东西也不知道是为什么。他有时用另一个手机在网上和陌生的女孩约会，如果事后她们提出一些物质上的要求，他会感到轻松，会爽快地给更多，然后马上把她们从手机里删掉。能用钱解决的事就不要用时间去解决。喜欢是一件很容易的事，付出也不是什么难的事，但要觉得自己的付出不算付出那可能就是爱了。但是爱到底又是什么呢，他不觉得自己能给出答案，失去的，得到的，说过的，睡过的，最后都变成一件件让人忧伤的事。他也很谨慎，作为那所英语培训学校最受欢迎的老师，他时常会收到女学生的主动示好，但他从不回应。他会看见那个十六岁的自己像幽灵一样在街上飘荡，忍不住跳出来嘲弄自己的蠢。他也不想给自己添麻烦，和要处理的那些善后和周而复始相比，他无心付出过多的精力来换取那一点和年轻女孩们情爱的愉悦——和同事谈恋爱也是非常麻烦的，他提醒自己。上午他在学校遇到了代代，他拿着电脑急匆匆去教室上课的时候，她从工位后面探出来毛茸茸的脑袋，和他笑眯眯地打了个招呼。他不动声色点点头，带着一种只有他们俩知晓的密电码从她身边走过。几个小时后，在继母的那个电话之后，他在手机上看到了代代的微信。

在干吗？她问。在想吃什么，他答。我也是，她回。看到微信的顶端显示着“对方正在输入”，他等了一会儿，那行字消失了，正要放下手机的时候，微信又突然响了。今天有《愤怒的小鸟》电影，要不要一起去看啊，她问。

他犹豫了一下。好。

是个很热闹的动画片。看电影的时候，代代的怀里满满抱着外套、手机、可乐，陈洛就帮她拿着大桶的爆米花，她的手像挖掘机般不停地伸到他胸前的爆米花堆里抓上一大把。他觉得电影挺无聊的，为了防止自己睡着，主动用右手抓起一捧爆米花，向她那边递过去。吃吧，他在黑暗里小声说。代代一边盯着银幕，一边在他的手心里捡着爆米花吃，他感觉到爆米花的糖分开始渐渐溶解在他的手心里，黏黏糊糊地潮湿着，于是不能忍受地把手里的最后几粒爆米花送到代代嘴边。她顺从地张开嘴，任凭他一粒粒喂下去，吃下他手里最后一粒爆米花之后，她突然用她的舌头悄无声息地裹住了他的食指，柔软温热地吮吸着他皮肤上的甜味和神经的震颤。在黑暗里，陈洛猝不及防，他吃惊地转过头看着代代，她没有看他，侧脸在昏暗的光影里意味深长。他也一动没动，于是他们保持着这个奇怪的姿势，直到电影银幕突然变亮，陈洛才轻轻退出了自己湿润的食指。代代转过身，把他怀里的爆米花桶轻轻拿过来放在怀里，笑嘻嘻地吃着，专心看着银幕上乱飞的小鸟，像什么都没有发生过。甜腻的奶油香味弥漫在陈洛的身边，他倒是有点乱了。嗅觉和他的食指一起在黑暗里膨胀，手指上仿佛被裹上了一层又热又厚的糖浆，滚滚发烫。但其实也没什么可吃惊的，男男女女，不过如此。他心里热一半冷一半，作为适当的回应，他轻轻握住了代代的手，她垂下了眼睫毛。事情就这么变得不一样了。

当然，其实，他更想去洗一下手。

到了。陈洛停好车，转头看着代代说。车里昏暗，女孩一动不动，一团沉沉的影子，头歪靠在玻璃窗上，嘴巴微微张着，浓密的假睫毛覆盖在脸上，像一种奇怪的草本植物。

从电影院出来，一上车代代突然说了一声好困啊，闭上眼睛就睡着了。等红灯的时候陈洛试着轻轻叫了几下她的名字，她含糊地应了一声，甩了甩肩膀把头换了一边，又睡过去。陈洛有点摸不着头脑，从头到尾对这个女孩子他都有点晕头转向。他想她是不是在装睡，又觉得这样也好，那根黏糊糊的手指还没来得及去洗，但他至少可以暂时不用说话，在这二十多分钟里沉默着把车开到家。他尽量把车开得稳一点，路灯和树影悄无声息地从他们的头顶慢慢滑过。

陈洛解开安全带，起身向她凑过去，侧耳到她的嘴边，听到她咻咻的鼻息声。他抬起眼睛看着她，他们之间的距离不会比一根食指更长，他第一次发现她的脸上有一些淡淡的雀斑，他忍不住想亲吻那些浅棕色小斑点的时候，她的睫毛抖了两下。他僵了几秒，回身坐直。

啊，我睡着了？代代醒了过来，轻声惊呼。她用力眨着眼睛，然后不好意思地用双手紧紧捂着脸，眼睛透过指缝望着陈洛，嘟嘟囔囔地解释着：不知道怎么回事，刚才一上车脑袋就开始发沉犯困。好像被施了什么咒语一样，一下子铺天盖地地瞌睡起来，挣扎了几下，就掉到一个睡眠黑洞里去了，怎么爬也爬不出来。说着她稍看了陈洛一眼说，奇怪，看电影的时候一点都不困啊。她放下手，坐直身体，在座椅上转来转去，上上下下地打量着汽车内部说，喂，陈老师，你车里是不是放了什么催眠的东西啊？

催眠？要催也是你催我吧。陈洛手指硬邦邦，心里这句话到底还是没说出来。

对了，刚才你没被我吓到吧？代代一脸坏笑，我看你呆呆地快要睡过去的样子，就很想逗你一下，陈老师肯定觉得电影很幼稚吧。她看他不说话，一张小脸凑过来说，我小时候就特别爱用手指蘸着花生酱啊果酱啊什么的吃，觉得那样特别香，现在感觉，爆米花也不错啊。

陈洛不知道她是真天真还是假玩笑，说无邪也无邪，说有意也有意。我呆吗？他问她，还从来没有人这样说过他。

呆啊，就是呆呆的，很多心事的样子。她歪靠在椅子上，懒洋洋地说。

湿热的手指记忆在黑暗里蠢蠢欲动起来，在陈洛的想象里，他已经吻在了她的脸上，可是为什么他还坐着一动不动呢？代代转过头，摁着玻璃窗开关，把她那边的车窗全都放了下来，夜风和空气像一只大鸟一头扑了进来，停在座椅靠背上忽闪忽闪着翅膀。他喜欢这一刻的沉默和陪伴，真情和谎言，反而带来了奇妙的平衡，像那些一个人坐在车里读着自己最喜欢的书的时刻一样。他感觉到自己所有感官都被毫无设防地打开，是那样清晰地觉知着“自己和自己”的寂静相对——少有的，没有自我怀疑而全然接受着自己的时刻。

喜欢我吗？她看着窗外，声音背对着他飘过来。

喜欢她吗？

他只想吻她。

喜欢我吗？她又重复了一遍，更像是一种自言自语。

他要吻她了。

她突然转身，微笑里带着谦逊，看着他说，我听了你的英语课，才决定来这家学校工作的。

他的身体探出去一半，吃惊地望着她。

你别紧张啊，其实，也不全是因为你，当然，你…… 唉说出来你别笑我，我一直想做同声传译，但是我大学读的不是英语专业，也没有很多钱去专门学。所以就觉得来这里做行政也不错啊，有时间也有机会学。她整个人靠在椅背上，望着车顶慢悠悠地说着。老实说，我觉得自己还蛮有语言天赋的…… 至于你呢，不管喜不喜欢我，都没有关系，因为我知道，你一定会喜欢上我的。她笑眯眯的，两只看不见的鹿角又顶过来。

他一时不知说什么，伸手揉了揉她的头发，她这么精怪，不知是该拢她到怀里还是说你该回家了。

她按住他的手。要高高兴兴的啊，我听说…… 你这段时间看起来都不是很开心，我有点担心你，在远处看了你好几天，那天下雨，不知怎么忍不住就来敲你的玻璃窗了。

他觉得自己就像一只快要把肚皮全部袒露在她面前的猫，她说的几乎每一句话都让他意外，女人永远比他想象得要复杂和强大。

对了，问你个问题，干吗要坐在车里看书？好奇怪。她问。

陈洛寻找着措辞。也许，因为安静吧…… 大概是小时候捉迷藏的时候总喜欢躲到衣柜里的关系吧，觉得小空间里很舒服，有安全感。他说着，仿佛看见暗影里那个小小的自己，在父母的争吵声中慢慢退后，打开衣柜门，爬了进去，在黑暗中把自己埋在厚软的棉被和衣服堆里。他深深地呼吸着柔软织物里阳光和樟脑丸混合着的味道，渐渐地，那些尖厉的声音就听不到了。

她笑起来，说，最喜欢玩捉迷藏了，那你被我找到了。

他俯下身体，终于捉住了她脸上那些散落的小雀斑。

我……饿了，你想吃火锅吗？她在他耳边含糊地说。

想。他还从来没有在夏天吃过火锅，满头大汗，繁盛花样，舌头和身体的知觉被一层一层地打开。

她捧着他的脸，一脸窃笑地问他，突然想起我妈老是说我是火锅型人格，咕嘟咕嘟，热气腾腾，什么都能煮开，你呢？你是什么食物？

我？陈洛没有回答，只是把她搂得更紧了。

星期一，呈现着湿润土地一般的深褐色和恰到好处的柔软，餐桌上那两枚安静的牛油果终于完全熟了。

陈洛把它们掂在手里，窗外是八月炙热的午后阳光，他想象着它们被打开时的味道和气息，十六岁天台楼顶上那热烘烘的风吹了进来。一些问题也许即将找到答案。总是等得到的，荒废的青春，错失的时光，错位的自我，时间总有一天会把那个逃跑的自己找回来；一个人凝视自己的前史，逃无可逃。而对于那时的自己，现在的他似乎无论怎样寻找，也已经无法感同身受。即使曾经像岩石一样坚硬的牛油果，也会变得像现在这样软乎乎的，等待着和其他食材的交融。他拿起手机，终于决定去做那件在他脑子里已经盘旋很久的事。

林老师，我是陈洛。你还好吗？还记得我吗？他第一次在微信里和她说话。

当然，陈洛。很开心，我们有十多年没见了吧。林溪很快回复了他。

他难以觉察地深呼吸。林老师，我有个问题一直想问你，高二我转学之后给你写过一些信，你收到了吗？

几分钟后，她回，收到了。

你看了吗？

看了。

又过了几分钟，她说，那时你的父亲来找过我，他说他很少在家，你们关系很不好。他看了你的日记，很担心你，他不希望你和我通信，保持联系。我很委屈，也很生气，可是也不知道该生谁的气，似乎谁也没错，最后只好对自己说这一切和我有什么关系。

对不起，陈洛。

他盯着那几行字发呆，父亲那两个耳光的指印似乎又回到了他的脸上，发着烫。他不会告诉她，在他一个人偷偷跑去杭州找她的那天晚上，母亲去世了。

他从抽屉里拿出一把小刀把一个牛油果对半剖开，黑褐粗粝的果壳里面如同另一个世界般露出了漂亮的绿色果肉，平滑细腻，不可见的肌理。他往半个牛油果上浇了一点蜂蜜，然后用勺子挖了一勺，放进嘴里。他似乎正在经过一座雨后散发着青草芳香的花园，草地刚刚被修整过，雨滴垂挂在草尖。他吃着吃着，想起父亲，哭了起来。

在纽约

辛澍站在大都会博物馆大门前的台阶上，茫然地四下张望，冷冽的寒风让她迅速清醒。离和M约定见面的时间还有三个小时，她不知道该去什么地方打发这些时间。事实上对她这个第一次来纽约的人来说，可去的地方太多了。这里是第五大道的82街，往左走一点是中央公园，往前走是麦迪逊大道，如果她愿意沿着第五大道多走一会儿，就到了MOMA。她也可以随便找个咖啡馆坐一会儿，或者去第五大道的商店里买点东西，总之，到处都是新鲜有趣的玩意儿。但是辛澍一想到三个小时以后要和M见面，就紧张得要死。刚才在洗手间里，她看见镜子里的那个女人因为缺乏睡眠而脸色暗沉；米色羊毛大衣胸前不知道什么时候沾上了一点浅黄色的咖啡污渍，衣服下摆有点皱巴巴的；粉底的颜色看起来偏黄，皮肤干燥，眼角那两条隐约的细纹在灯光下明显得像两道裂开的伤口，复古的大红色唇膏更像是一个弄巧成拙的笑话。她不喜欢镜子里的那个女人，她慌慌张张，土里土气，虚荣心十足，心里毫无底气。和那些被M一次又一次击溃的夜晚相比，她觉得自己几乎没什么长进。

如果不是这趟到东部的旅行，辛澍几乎快要忘记这是冬季了。加州终日阳光充沛，气温总是在20度以上，寂静而笔直的公路，舞台布景般的蓝色天空，让她常常想起小时候在新疆时的旷野：葡萄晒开了，糖分凝结，一切渐渐变得更甜。西部到东部只有三个小时的时差，但却像一步跨越了四季，气温从两天前的波士顿开始一路唏嘘。辛澍带的冬装捉襟见肘，羊毛大衣还是太轻薄，抵不住纽约的寒风，可是好看，勾勒得出辛澍的宽肩细腰，她舍不得往里面穿一件厚点的毛衣。

纽约的冬天比起北京，寒冷只有过之而无不及，并且繁华更映萧瑟。天气一直灰暗阴沉，寒风凛凛，街边那些庞大方正的褐石建筑看起来冷酷而深沉——仿佛一个个穿着三件套西装戴着礼帽的老派男人，这几乎是辛澍对纽约的第一印象。她还记得昨天清晨，旅行团的巴士从新泽西过来穿过林肯隧道，摇摇晃晃地驶入了纽约市的车流，她在车上醒来，车窗玻璃上像浴室镜子般覆盖着整面的迷蒙水雾。她用食指慢慢抹开雾气，远处布鲁克林大桥巨大的黑色剪影一点一点出现在眼前，河对岸是曼哈顿密林般的高楼，视线依然隔着氤氲，但钢铁结构的坚硬和工业感迅速穿透了冬天冰冷的晨雾，沧桑感扑面而来。汽车沿着河岸慢慢向前开着，车窗里掠过晨跑者健美的身形，一切如同一张光影分明的黑白照片。辛澍的眼睛闪闪发亮，她的脸在玻璃窗的反光上叠着湿润的雾气，斑驳又一点一点爬了上来；此时一缕阳光在前方慢慢升起，闪着微弱的浅金光斑，仿佛一粒难以捕捉的钻石，正在被此时此刻切割。

辛澍把身体靠向座椅，闭上眼睛。纽约。所有和你爱过的人有关的城市都会变得特殊，你初次来到，而那个人无处不在。

大都会博物馆是一座庞大的建筑，占据了整整四个街区。各种肤色和语言的游客此刻在台阶上来来往往穿行，沸腾得就像一堆各种颜色的豆子，被放在了一个搅拌机里快速翻搅。早晨博物馆一开门辛澍就进去了，走马观花看了两个小时，头昏脑胀，好东西太多，大脑和眼睛高速运转，她参观博物馆和美术馆容易犯困的毛病又犯了。不是不喜欢，是觉得博物馆就像温暖的床，恒定的温度和灯光仿佛有一种催眠的魔力，把她往梦里推，越好的博物馆梦就越深。每一件器物都浸透了久远时空的气息，漫漫长河，那些东西本来暴露在阳光雨水下，被人拿在手里，装着水和食物，是活着的。而现在它们都死了，被陈列在精美的展柜里，像一个个透明的棺材。中国馆里那幅巨大的敦煌壁画让她更加想念西部的敦煌，风和沙石日复一日打磨着莫高窟的粗粝，佛印在黑暗的洞穴中映亮莲花，辛澍在这样的想象中眼泪快要夺眶而出，她几乎是跑着走出了博物馆。

台阶上，她的视线里，十来个歪戴着棒球帽，穿着校服的日本男中学生正热热闹闹比着剪刀手合影，清新的脸和牙齿，她几乎闻到了少年荷尔蒙的味道；一个神情疲惫的印度裔中年男人拿着一叠地图和一些小挂件站在那里兜售，但没有人停下脚步看他一眼；一对金发碧眼的年轻情侣在她的右侧紧紧拥抱着，女孩一头白色的金发像绒布般垂落在男孩黑色的外套上，辛澍被这一幕吸引住了，盯着他们看了好一会儿，她等着这对情侣深深地拥吻，她好拿出手机拍下这个像电影一样漂亮的画面，但他们只是一动不动地抱了很久。她有点失望地转过头，那些日本男孩们已经拍完照，队伍轻声嬉闹着散开，而满脸疲惫的印度人依然站在那里，手间垂着的挂件在寒风里摇摆。

两个中年亚洲男人小心绕过日本男孩们，一边说话一边往台阶上走，是中国人。辛澍多看了两眼，左边的男人，身形气度居然有点像M，他正用手比画着说着什么，右边的男人连连点头，于是他的脸上浮现出一点点笑容。她突然全身绷紧了起来，想躲但一动不能动。男人们走过她的身边，和她擦肩而过，她听到他们对话的一点点尾音，中央公园离这儿不远。她转过头，看着他们的背影慢慢消失在博物馆入口处的人群里。她的肩膀慢慢松下来，抿着的嘴角不再用力——那当然不是M，只是有点像而已，他比M要年轻。

辛澍从包里掏出手机，看了下Google map，决定去中央公园转一圈。

今天是2012年12月31日，这是她在纽约的第二天，也是在纽约的最后一天。两天以后，当她在华盛顿坐上回洛杉矶的飞机，纽约迎来了五十年以来最大的暴风雪。

沿着林荫路往前走了一二百米，只是转过一个拐角，就没有了什么游客，路面干净开阔，一切变得极其安静。辛澍的米色大衣在深色的街景上显得十分突出，路上行人寥寥，迎面走来的人并不像在洛杉矶海报滩那样会四目交接、相视微笑，纽约人面无表情、目不斜视，看上去随时准备和别人保持一米以上的距离。她竖起了大衣领子，脸上也不自觉地换上了纽约人的表情。

路边有一辆卖热狗的餐车，香肠和烤肉在挂满花花绿绿广告牌的车厢里冒着白色的热气，她闻到香味，想起来早上什么都没有来得及吃，终于觉得饿了。辛澍走过去，要了一个香肠热狗，阿拉伯裔的摊主皮肤黝黑，一脸深深的皱褶，他麻利地把面包切开，塞进热乎乎的香肠，往里面挤着S形的芥末酱和番茄酱。

“你从哪儿来？”他抬头看着辛澍，英语有浓重的口音。

“中国——不，洛杉矶。”她犹豫了一下。

“You are so sad。”

辛澍愣了一下，然后不好意思地笑起来，仿佛有什么密码被对方破解了。

“欢迎来到纽约，在这里你可以不用介意任何事情。”他把做好的热狗裹在餐巾纸里双手递给她。

她接过热狗。在他的友善面前，她为自己的忧伤感到抱歉，想对他说声新年快乐，到嘴边又忍住。想想异乡人的茫然，他每天不知道要见多少，他脸上的皱褶，或许也都是多年的乡愁。不说也罢，她又收回心里的钥匙，轻轻地揣进了口袋里，她对男人用力挥挥手说了声再见，转身走过几米，坐到路边的长椅上。几片枯黄卷曲的落叶被风带着走了几步，停在她的脚边，她用餐巾纸一点一点把口红擦掉，再把热狗小心地托在手心里，大口吃起来。香肠烤得焦香，黄色的芥末酱流到手指上，她悄悄地舔掉，小心地不让它们沾到大衣上，这孩子气的动作让她心里慢慢平静下来。放松点，放松点。热狗简单粗陋，但是热乎乎的也真的很好吃啊。

她想起M说过，纽约就是纽约，就像巴黎就是巴黎，独一无二，不动声色，但你看得到冷漠皮肤下的各种肌理，那时她还无从体会。来纽约之前她又读了一遍E.B.怀特的《这就是纽约》，怀特写有三个纽约："一个属于土生土长的男男女女，他们眼中，纽约从来如此，它的规模，它的喧嚣都是天生的，避也避不开。一个属于通勤者，他们像成群拥入的蝗虫，白天吞噬它，晚上又吐出来。一个属于生在他乡，到此来寻求什么的人。在这三个动荡的城市中，最伟大者是最后一个——纽约成为终极的目的地，成为一个目标。正是这第三个城市，造就了纽约的敏感，它的诗意，它对艺术的执着，连同它无可比拟的种种辉煌。"还有一个属于游客的纽约，辛澍边吃着热狗边想。在她的想象里，因为那些书和电影的描述，纽约应该是绿色的，跳跃着活力，是彩色的，闪着时代广场的光；而不是现在这样满目沉重的大地色系，以及无处不在灰暗的寒冷。但她并不感到失望。洛杉矶的郊区一目了然，没有边际的海和蓝天，雪白的云，高瘦的棕榈树影子像把小伞，整齐而简单的公路线条，是标准的美国；而纽约到处嗅得到像北京一样的气味，混乱喧哗但充满了野心勃勃的年轻人，功成名就的富人，满大街跳动的希望和绝望，随手一摘，就是大把的悲悯和玩笑。

M的样子和这里是这么妥帖。他宽厚的身体和沧桑的脸，严肃的表情和掩饰不住的自信，冷静的声音和热烈的吻，像这里的老房子，悬挂着铁铸的消防梯，供人一点一点攀爬。每次辛澍抱着他，把头靠在他的胸膛上，就像躺在一艘大船的甲板上。她闭上眼，船平缓地轻轻摇晃，有光，灼热，有风，柔软，船载着她，她不知道要漂向何处。长岛。她从梦中惊醒，睁开眼，阳光变得刺眼，像刀片一样犀利，风大起来，吹得船剧烈颠簸，她的裙子像风箱一样鼓动着，发出哗哗的声响。她开始感到恐惧，她不会游泳，船会沉没，或者根本就是要把她一个人扔在大海里，然后独自驶向要去的地方。纽约。这里是M移居的城市，他在长岛西卵的家。那是纽约东部一个长方形的小岛，盖茨比在那里与黛西重逢，一遍又一遍地望着对岸的绿灯。

昨天晚上她在新泽西的小旅店里给M打了电话，电话接通了，她没有想到自己的声音这么冷静。M的声音先是迟疑，确定这不是一个玩笑之后，她听到了他的欣喜。他身在Lancaster，明天中午回到纽约。他们约定明天下午两点在百老汇大街和时代广场的拐角处见面。那里比较好找，你不会迷路，然后我带你去一间咖啡馆，那里很安静，他在电话里说。辛澍挂了电话，心脏像复活一般开始狂跳。电话里一直隐约有一个女人和小男孩的嬉闹声，女人声音柔美，她想那就是她。

一切都遗落在昨天的北京，河流滚滚向前，她也已经离开。一个月前她和法国人马克结了婚，他们住在洛杉矶的郊区小城海报滩，她只是来纽约旅游的时候顺路看看M。

辛澍站起来，仔细拍干净身上的面包屑，拢了拢头发，把手里的脏纸巾扔进长椅旁的垃圾箱里。她看了看头顶的天空，干枯的树枝，青灰色的天，没精打采，说不上什么好风景；但是夏天的时候，这里应该也很美丽吧。四季分明，烟波流转，一人一城。

圣诞节之后，马克一个人回了巴黎参加他叔叔的葬礼。从北京搬家到美国，租公寓，添置各种用品，买了一辆二手丰田车，他们已经没有足够的钱再买一张去巴黎的往返机票。马克对此万分歉疚，做爱时简直想把自己嵌进辛澍身体里。辛澍也为他们的拮据——当然也许只是暂时的——感到了一些不安，但这种不安更多地建立在自己的存在感上。她当然喜欢美国，喜欢这里的开阔和自由，喜欢他们在海边租住的小公寓。每天有看不够的朝霞和晚霞，海鸥在头顶上成群飞过，他们在晨光里沿着海滩慢跑。加州的阳光晒得她腰上起了一串红色的疹子，她觉得那是她体内积聚多年的潮湿黏腻被烘烤了出来，一切仿佛都可以重新开始。但同时，她觉得自己的一部分消失不见了。在北京，她穿着高跟鞋在国贸的写字楼里穿梭，做着细密扎实的翻译，她刚刚跳槽到一家更大的公司，薪水足够她应付不低的开销；但在这里，她只是一个郊区的家庭主妇，每天给马克做饭成了她的工作，而且马克吃素，她怀疑自己花在研究食谱上的时间已经可以写一本书。她不会开车，英语虽然流利但有口音，除了马克她谁也不认识，她最常去的地方是海边和超市，去的路上有时候走十分钟除了汽车都见不到一个行人。她觉得自己像是马克一起打包过来的一件行李，和那些高跟鞋、真丝裙子一起堆在箱子里，折叠着，浑身皱褶，连箱子上的行李牌都还没有撕掉。有时着急了她会大声冲马克嚷嚷，她甚至觉得马克在家里放置的佛龛都显得那么滑稽，就像她，被某种情形困在了这里。

她并不怎么想去巴黎。马克走之前，她告诉他这段时间想去东部转一圈，然后她在网上找了一个廉价的华人旅行团，独自一人开始了这趟“美东嘉年华五天四夜豪华旅”。临近新年，东部又是酷寒，旅行团生意清淡，除了她，只有两对从国内结伴而来看望儿女的上海老年夫妇。他们一路叽叽喳喳，热闹得很，时不时递给辛澍一个苹果，一个自己做的茶叶蛋，辛澍觉得倒也不那么孤单。导游是个住在华盛顿的中年男人，谢顶、肥胖、眼神滑来滑去，非常不专业，口头禅是“讲句真心话”。一开始还时不时传递一个揣测的眼神看看辛澍，对她颇为好奇，但试了几句，见辛澍不怎么愿和他搭腔，便不再多说什么，一路无话。

旅行团从洛杉矶飞到波士顿，然后坐巴士到纽约，因为便宜，两晚都要住在新泽西州的汽车旅馆里。波士顿比纽约还要寒冷，他们走到市中心的时候，路边背阴的地方还有一些没有融化的积雪，看着有点脏，但这座城市自有一种肃穆的气势，市中心路边就是富兰克林高高的青铜塑像和他的家族墓地，如有圣光。导游指着嵌在地面上一块刻着“The freedom trail. Boston”的铜牌说，这就是当年美国人开始独立革命的起点。团里的王伯伯马上接了一句，这不就是我们的延安嘛，大家一起哈哈哈大笑起来。汽车屁股在马路上噗噗喷着白色的尾气，他们窸窸窣窣沿着革命之路走了一圈，这时天空开始淅淅沥沥下起小雨，混着一点雪花和冰晶。气温更低了，湿冷的雨水落在脸上，大家草草结束游览，躲进了巴士里，一点点在暖气里缓过来被冻得通红的脸和手。

坐在辛澍前面的许伯伯摘下棒球帽，用纸巾擦了两下自己的脸，又马上忙着给老婆擦去肩膀上的雨水。她想起来中午吃饭的时候，许伯伯说这趟之后回到上海，他们夫妻俩就准备去住老年公寓了，“那里热闹，老适宜了。从食堂到社区大学，到临终关怀医院全套服务样样都有，房间里就有按铃，随时可以叫护士，要是八小时不出门马上就有人来查房，就是死了也不用担心会烂特了。”

“你瞎讲什么啊。”许阿姨嗔怪地拍着许伯伯大腿。

许伯伯把手盖在她手上面，笑眯眯讲：“小孩不在身边，老了嘛，对伐。”

辛澍放下筷子，悄悄转过头，咽下一直在转圈的眼泪。她已经不太记得父亲的样子了，父亲是电工，在她七岁那年因为抢险触电殉职，家里只留下很少的几张照片。照片里的父亲穿着电工的蓝色制服，戴着安全帽和手套，身材高大，眉眼模糊。她只记得他是一个严肃的人，很少和她说话，似乎也不太敢和她亲近，她不记得父亲抱过她，亲过她。他的眉毛长得快连在一起，看起来总是在为什么烦恼的样子。她也继承了他的眉毛，每天化妆前都要用镊子拔去眉心细弱的杂毛。也许继承的不只是眉毛，但她并不知道还有的那些究竟是什么。

“小辛，吃龙虾。”王阿姨招呼她，挑了一叉子龙虾放到她的碗里。

辛澍用餐巾纸摁摁鼻子，埋头吃起来。

渐渐暗下来的天色里，巴士像一个移动的昏暗洞穴，慢慢往波士顿郊区的汽车旅馆开去。路边的灯火越来越稀疏，渐渐陷入公路沉默而单调的阴影里，车厢里响起了老人的打鼾声和沉滞的呼吸声，仿佛开在一条无比冗长没有尽头的隧道里。明天晚上会住在新泽西，对面就是纽约。辛澍把身体贴紧座椅，紧紧抓住座位的扶手。巴士轻轻地晃动着，仿佛一艘大海里的夜航船，她看到了遥远处灯塔微弱的绿光，再也不能掩饰自己对溺水的恐慌。

她得承认，参加这个旅行团是她打电话给M最顺理成章的铺垫和理由——我路过纽约，顺便给你打个电话，要是有时间就见个面吧。那么不经意，那么自然，也许他还有特别的温暖和轻微的感动呢。然而随着纽约的临近，辛澍却感到一种轻轻的羞耻和不断的焦虑，这种羞耻和焦虑在被波士顿的雨雪淋湿的那一刻起变得越来越强烈，她在黑暗里一遍又一遍地检视着那些细节和过程。

一年多前M是突然离开的。她在7-Eleven排队买中午的盒饭，手机里跳出他的短信：有点急事要处理，我回美国了。保重。后来几天辛澍给他写过邮件，发过短信，但都没有任何回复。她知道他好好地活着，还上网——她每天刷很多遍他常去的政经论坛。她要感谢这个论坛会显示每一个ID的最后一次登录时间，让她知道M几乎每天都还会上这儿来看看，这是辛澍唯一能够连接到他的地方。

对这个结果，她不意外但也不可避免地难过，那些几乎要崩溃的时刻。她知道他在纽约有家，他的消失只是实现了她以前对结局的种种幻想之一，也许最体面的处理方式就是不解释和不追问。她从没给他打过电话，那仿佛是两人之间最后一块遮羞布。说什么呢，无论他说什么她都会心碎。我可真是个怯懦的人，辛澍有时候对自己说。

想穿给他看的黑色蕾丝吊带睡裙放在抽屉里，用白色的软纸包着，塞进最里面的角落里。她没有和任何人说起过M。一个刚毕业的大学生，最普通的职员，和大股东派来的董事，移民美国的富商。但是她爱他——这听起来就像牙缝里隔夜的食物残渣一样不堪，换个角度看的话，也许她自己都无法接受。她和他为一单大合作一起工作两个多月，他其实英语很一般，口音很中式，她是翻译，他们一起加班，赴宴。他对她格外关照，坐车时会帮她先拉开车门，开完会会叫司机先送她回家，她受宠若惊。她开始觉得他喜欢她，慢慢放松下来，然后他请她看电影，吃饭，调笑她，赞美她，带她去自己的酒店套房，过了很久开始吻她，等她湿透了慢慢进入她。他也疼爱她，满足她，需要她，非常需要她，像对自己养的幼小宠物，爱不释手。

她一直更喜欢年长男人，M有切中她内心的男性特质，她没什么抵抗就爱上他。他的皱纹和世故，不容分说的男性荷尔蒙，和年轻男孩不一样的持久而平缓的做爱，他给她的颤动和尖叫，汗液在白色床单上留下润湿的影子。她也爱他的权威，身份和财富所意味的强大，他是丛林里的老虎。她仰视他，她愿意被他控制，她需要有人带着她往前走。她接受自己的虚荣，甚至快爱上自己有时涌出的罪恶感，并把这视为对爱人的最大赞美。他是她想成为的人。她可能不道德，但她觉得自己从来没有那样纯洁过。

所以怀念和不甘在今天之前此消彼长，一株植物生了根，藤蔓沿着时间暗暗攀爬。人们对没有征兆就突然结束的事总是难以释怀。她当然也偶尔幻想过最终得到他，谁不想要一件自己喜欢的好东西呢，但是，她不是盖茨比，也不是黛西。他们只是两面互相映射过的镜子，她看到的，是她自己的碎片；他看到的，她并不知道是什么。有一次他把她一个人留在酒店，她偷偷翻了他的行李箱，除了衣服和书，什么生活痕迹也没有。他很小心，什么都没有留下。

记忆像浇注水泥一般劈头盖脑倾泻下来，辛澍的步子迈得更大了，好像这样就能甩掉多一点的水泥。她越走越快，忍不住小跑起来，靴子在地面发出沉闷的声响。

白色的斑马线，对面就是中央公园的一处入口，矮矮的围墙，树枝向远处铺散着。一个穿着黑色大衣，裸露着纤细小腿的老妇人牵着一条棕白色的短腿柯基从马路对面慢慢走来。老妇人和她一样抹着大红色的唇膏，金色的头发在耳边弯出完美的弧度，看得出来年轻的时候是个美人。辛澍用目光对她施以女性的敬意，但她浅蓝色的眼睛只是漠然地从辛澍脸上滑了过去，而柯基小狗挪着圆而结实的屁股，走过辛澍身边的时候，扭头迟迟疑疑看了她两秒，又欢快地用小短腿吭哧吭哧跟上了老妇人的脚步。

辛澍笑了，仿佛听见了纽约安静的心跳。

手机震了一下，屏幕上闪着马克的消息：纽约冷吗？马克，马克，辛澍又绝望又温暖。

三个月前，在五道口一间小咖啡馆里，辛澍像往常一样要了洒满白色糖霜的甜甜圈，马克坐在对面不停地喝水，手上的紫檀木串珠磕着桌子。吃到第二个甜甜圈时，马克突然问她愿不愿意和他一起去美国，他在北京的工作这个月到期了，然后他在加州长滩的州立大学分校申请到了一份教法语的工作。辛澍看着他浅棕色的眼睛，脑袋一片空白。一年多来她刻意躲着“美国”这两个字，几乎跳过所有和这个国家有关的信息，但这两个字此刻还是硬生生地又闯了进来。她眼前瞬间闪过了纽约，看不清画面是什么，但她知道那是纽约。

“我们可以住在海边，那里很美。”马克把头凑过来，又补了一句。辛澍低下头，转着手里的咖啡杯，黄色的咖啡油脂溅出来，慢慢浸润了白色餐巾纸的一角，她看着，等到又一大滴咖啡飞溅了出来，她答应了他。

马克的父亲是法国人，母亲是越南人。他比她大两岁，看上去更像一个亚洲人，确切地说，一个面目深邃肤色白皙的，来自南方的中国人。他四肢削瘦颀长，背微微佝着，耳朵和手背上看得见透明的蓝色血管，鼻子周围有一些淡淡的雀斑，脸上总是没有什么表情，仿佛一匹血统不明而又难掩疲惫的马。那时马克在法语联盟教初级法语，M走后辛澍为了不让自己一个人待着，报了法语班，在口语课一遍又一遍的凝视里，他们知道终有一天俩人要走入男女关系的窠臼：上床。

马克父亲是飞机技师，小时候因为父亲工作的关系，一家人不停地在各个国家搬家，七岁的时候他甚至在北京上过一年小学。一本《新华字典》，成为他完全看不懂但却最喜欢的书。受母亲的影响，他是个虔诚的佛教徒，但他已经不会说任何越南语，也从没有去过越南，用他的话说，他感到害怕。十五岁的时候，母亲得乳腺癌去世，他的父亲半年后和一个英国女人结婚，很快家里有了两个金发的弟弟，他们每周去天主教堂礼拜。母亲在家里的痕迹，渐渐只剩下马克供奉的佛龛。

“有很长一段时间我们都刻意避免谈她。妈妈去世之前的半年都住在家里，那段时间家里整天飘荡着消毒药水的味道，照顾她的护士是这个家里最重要的人。父亲会在她房间里坐上一整天不说话。我们总在担心她随时会离开，晚上我害怕到把脸埋在枕头里偷偷哭。她葬礼之后的一个星期，父亲叫我一起把她的衣服、书、CD、她最喜欢的餐具，她所有的东西都捐了出去。他留下并且藏起了她的照片，而我只留下了那本《新华字典》，她后来一直在学中文。”马克面无表情地说。那天他们聊起自己的家庭，仿佛谨慎地交换某种密码。

巴黎高师毕业后马克去了哥伦比亚，靠着教法语谋生，从南美游荡到东亚。他似乎属于这世界上的任何一个地方，但似乎无论哪里都不能久处，没有故乡的人也没有异乡。辛澍知道他对她不够有说服力，她爱他的善良单纯，也爱他身上不确定的多义性，但这并不意味着她爱他。第一次和马克在一起是M突然消失之后的那个月，马克在快高潮的时候，把嘴伏在她的耳边轻轻地说，叫我的名字。辛澍很配合地不停呼唤着他，马克，马克，马克，她的呼唤越来越急促，越来越大声，马克的身体也随着她的声音越来越有力。那一刻她觉得自己仿佛散发着光环，她本来是那个来寻求坠落感觉的人，此刻却变得无比冷静，仿佛肩负抚慰另一个人灵魂的重大使命。她被自己感动了，她抱紧了他，在他的名字里，他很快崩溃了。那天辛澍第一次体会到了情欲的荒诞，这种荒诞感来自于他们对性这件事本身之外的更多期待和更多索取。她对马克隐隐有些失望，他太快就释放了内心的脆弱和对自己的不确定，他给她柔情，却没有给予她力量，而柔情和陪伴，并不是不可取代的。

马克轻轻吻着辛澍的眼睛，说，你的眼睛很美。辛澍想起酒店

30层落地玻璃前那丝一闪而过的害怕，一阵揪心，觉得自己缩成了一小团，仿佛被一根绳子紧紧地捆着。她侧过身紧紧地抱住马克，把自己的右腿插进马克毛茸茸的两条腿里，马克抚摩着她的背，皮肤温热的感觉传递了全身，像被浴缸里的水托着，她觉得非常舒展，身体变得像鱼一样透明，渐渐沉入水底，四周慢慢暗下来，她很快就昏沉沉地睡了过去。

那是凌晨三点，突然下雨了，M开了点窗户，雨声飘进来。他们套着睡袍，站在酒店30层的落地玻璃前，房间里没有开灯，窗外三环路上暖黄色的灯光微微映着他们的脸。辛澍像抱一棵大树一样用双臂紧紧环绕着M，她把头靠在他的胸前，没有说话。

“冷吗？”M低头问她，把她搂得更紧。

她仰起脸望着M，摇了摇头。

“你眼睛怎么这么亮？”M仿佛突然发现了什么，脸上露出吃惊的表情。他惊叹着，探寻地凝视着辛澍的双眼，想在里面找到点什么的样子，仿佛从来没有见过这样的一双眼睛。

她的脸迎着他，笑得更加明亮，也抱得更紧了，心里手里都填满了，没有一点点空隙。“天哪，太亮了……”辛澍听到M又喃喃般感慨了一句，仿佛不敢相信这是真的，又像被这过于明亮的光灼痛了双眼。她看到他脸上闪过一丝转瞬即逝的害怕，然后他转过头去，看着窗外，沉默地注视着雨水飞过这个城市的纵贯，不再看她。

辛澍突然有些不知所措，她感觉到那一刻有一些尖利的东西在空气里飘浮，如果不小心，他们会像气球一样被那些尖利的东西戳破。她想让他高兴起来，于是把手伸进他的浴袍，手指摩挲着他微微凸出的肚子，肚脐那里有一些微微卷曲的汗毛，她的手指绕着圈，汗毛沙沙的。她很快感觉到他那里又硬挺了起来，她的手往下滑，整个人贴着他，一起往下滑落。她的浴袍从肩膀上褪落下来，裸露的后背耸动着。

细碎的砂石在她脚下发出沙沙的响声。中央公园看起来非常大，无边无际，小路边是密密的树林和一些矮小的灰绿色灌木，远处有一个巨大的湖在微微发光。偶尔会有一个遛狗或者慢跑的人从她身边经过，泥土被冻得梆梆生硬，空气却静谧安恬。辛澍拿出手机来想给自己拍一张照片，她伸直胳膊看着镜头里的自己，逆光，镜头里她的脸黑乎乎的，但仍有柔和的脸部轮廓，身后的天空反射着灰白的光，犹在梦中。

“辛澍。”

突然听见有人在身后叫她的名字，辛澍吓得浑身抖了一下，手机差点掉在地上。她转过身，一个四十多岁的男人，黑色的羊绒短大衣，黑色的围巾，黑色的皮手套，宽平的肩膀，站得笔直，眉头间有一道深深的竖纹，法令纹像两个括号，单眼皮的眼睛直直地注视着她，带着些微笑意。一瞬间她想，这个忧思深重的男人老了。

但是她立刻用手捂住了嘴巴，手机冰凉地磕到了自己的牙齿。M。她轻轻地发出了一声惊呼。他当然不知道她已经把他的名字替换成了一个抽象冷静的字母。

男人往前走了一步，几个小石子被踢得飞了出去，他抬起右手，轻轻摸了一下辛澍的头发，冰凉的皮手套顺着头发往下滑，落在了辛澍的肩膀上。他保持着这个姿势，几秒钟后，意味深长地笑了一下。就像那时晚上两人在黑夜里搂着睡着了，第二天在透亮的办公室里他看她扭捏的样子时一样，当时他坐在办公室的椅子上大笑着转了一圈，看着她，一脸把玩的得意。

“你——怎么在这儿？”她还在发愣。

“我早上提早出发了，不知道为什么觉得你好像应该在这儿，就过来找你，果然。”M说得特别自然，仿佛他们昨天还在一起聊天。

她难以置信又目不转睛地看着他。他胖了一点点，不，也许是瘦了一点点，不，她不确定。她突然有一点不能定义眼前的这个男人，他在她的记忆里已经变得面目模糊，就像她对他名字的处理，M，压缩到有陌生的气味。这是怎么了？她问自己，她无数次幻想重逢又无数次抽离那些想象，可是他居然变得不那么像自己记忆中的他了。

“你一个人？”他问。

“嗯，今天自由活动。”辛澍为这个土气的旅行团感到一丝尴尬。

“我们走走吧。”M没等她点头，就开始往前走去。她呆了几秒，小跑着跟上他的脚步，靴子踩出的脚印立刻又被砂石覆盖。她决定像过去那样，把两个人之间的开关按钮交给他。

远方的湖泊在视野里越来越清晰，曼哈顿热带雨林般的高楼大厦仿佛海市蜃楼，一切都不太真实。她似乎在梦里梦见过这样的纽约，只是那是夏天，绿色一层又一层地覆盖了茂密的树林，有喷泉流水的声音。他们慢慢走向公园中心的露天音乐会，弦乐四重奏的大提琴手正调试着音律，纽约人裸露的皮肤在月光下反射着蜜色的光泽。她转过头，看着M的侧脸，有刮胡子后青色的印痕，有不知名的皱纹。

“喜欢纽约吗？”M问她。

“很特别的地方。”其实她更想说，一见如故。

“对哪个地方印象最深？”

她想了一会儿，慢慢吞吞地，一个字一个字地说：“911遗址。”

“嗯？”M停下了脚步，盯着她看。

几只灰黑色的大鸟排成一条斜线飞过他们的头顶，翅膀的声音划过寂静。辛澍把视线投向远处的湖，那里有平静的水面，她突然觉得自信了点。“昨天我们的车从华尔街出来，路过那儿——我坐在车上，突然毫无准备地在那么繁华的马路上，看到远处一堆高楼中间非常突兀地出现了一块凹陷的空地，竖着几块巨大的废弃水泥建筑物，虽然我只是很快地远远地看了一眼，但是我一下明白了，心里像被什么砸了一下，也跟着塌了下去。你知道，后面是华尔街密集的高楼，钱的味道，然后突然出现了——前面是车水马龙的大街，那片废墟那么巨大——”辛澍把胳膊伸开到两边的极限，比画着，她有点激动起来，“这里就像一个世界的中心，一切都很正常很庞大地运转，但这种所谓的正常有幻觉的成分，那个地方像突然进入的一个秩序的破坏者，打破了所有人的幻觉。我在那一刻突然意识到，纽约是座悲伤的城市。这里是一座巴别塔，但它包容了它经历过的所有，包容了所有生活在这里的人。重要的不是你经历过什么，而是你如何重新面对和整理你所经历的。”

“归零地。”M打断了她，“那里叫Ground Zero。”

“归零地……”辛澍的心抽动了一下，她说，“所以没有什么是不可以重新开始的，即使成为灾难的废墟，祭奠和不被遗忘仍有它最大的价值。”

M沉默了一会儿，问她：“你知道有人写过关于那里的预言吗？”

“你等等——”辛澍突然激动地打断了M，她低下头从包里翻出Kindle，急急忙忙点触着屏幕。“找到了，”辛澍呼出一口气，抬起头高兴地对M说，“我给你念念。”

她轻声地读着《这就是纽约》：“纽约再清楚不过地显示了普遍的困境与全面的解决方法，掩在钢与石之后的这座迷宫，既是一个绝好的目标，也是非暴力世界和世界大同的完美象征，这一目标高耸入云，飞机只能拦腰撞向它，它是所有民族，所有国家的家园，一切事情的发源地，在这里进行的审议，将拦截飞机，抢先阻止它们的毁灭行动。”

“你是想说这个吗？ E.B.怀特在1949年写的。”辛澍像答对了老师的一道题目般微微雀跃，没等M回答，她又低头翻了一页念下去，“这座城市，这个怪异而又神奇的典范，如果抬头望去，消失不见，人将心如死灰。”

M看着她，像在寻找或者验证着什么。她迎接着他的检视。

“很好。”他笑着说。

辛澍呆立着，印象中M从来没有对她说过这两个字，而她曾经那么期待得到他的肯定。她曾经对M说过想到哥伦比亚大学读法律，M只是说，别闹了。像对小朋友说，这个玩具不属于你。小时候父亲也曾经这样拿走过她的玩具，她记得她立刻大声地哭了。

她想起有一天M问她，觉不觉得他很失败。她在心里笑了，只有成功的人才有资格问别人这个问题，M是在撒娇呢。她只是走过去，像他期待的那样，捧着他的脸，轻轻说，怎么会呢。然而此刻，她说不清为什么，却似乎突然拥有了对他和他所拥有一切的理解力，纽约这座对她而言陌生的城市，消解了她的幻想。它的生死契阔，对世界的压缩，无限的可能性，永不落幕的舞台，摧毁之后的重生和永恒，没有定律的混杂；人们从喧哗的街角走进各种各样孤独的房间，整理着爱和爱的反面，归类，封存。

她突然有了勇气，想推开一道门。她朝M走近，抬起头，下巴贴着他："抱一下好吗？"

M伸开双臂，眼角的皱纹荡漾开来，他把她拥入怀中。

她用手圈着他的背脊，紧紧抱住他，头抵在他的胸口，脸摩挲着他柔软的围巾，温暖厚实，怀抱里和手里都是满满当当的。她感到巨大的平静，那些焦虑倾泻而出，汇入了这座城市的白昼黑夜。她知道，她成为不了他，她只能成为她自己。

"辛澍——"

她抬起头，目光越过M的肩膀，看见父亲站在不远处，还是穿着他蓝色的电工制服，戴着白色的绝缘手套，对她微笑着。他的身后是一望无际的城市地平线，远方的湖水波光粼粼，阳光穿透乌云，在缝隙间勾勒出一条淡色的金边。

辛澍被什么东西撞了一下胳膊，她从咖啡馆里的小圆桌上醒过来。这里很温暖，小小的咖啡馆里挤满了人，咖啡机嗞嗞嗞地大声喷着白色的蒸汽，服务生高高地举着托盘，板着脸侧着身子小心地穿过人群。她使劲眨了眨眼睛，困惑地呆坐着，她摸摸脸，下巴上被衣服袖口的扣子压出了两个圆圆的粉红色印子。桌上有个小小的特浓咖啡杯，已经见底，杯子边缘留下了一圈淡红色的口红印。她想起来，刚才她穿过中央公园，又冷又累，她走进这间第五大道一个小街拐角的咖啡馆，然后在热烘烘的暖气里，睡着了。

她梦见了M。那个梦仿佛还附着在她的身上，她努力地回忆着每一个画面。他们俩在中央公园遇见，然后散步，但都没有提自己的任何事，他们聊了下纽约，然后他们拥抱了一下，她看见了父亲。她在梦里觉得解脱，并且释然。现在她醒了，她不敢相信自己竟然可以那么平静地面对M，但是那个梦是那么真实，真实到她觉得此刻在咖啡馆里的独自发呆更像是一个梦境。

有什么东西在桌子底下拉扯她的裤脚，辛澍弯下腰，低头看到一只柯基趴在她的脚边，毛茸茸的脑袋贴在她的脚踝上。

“Saki，”右手边座位的一位老妇人探过来上半身，轻轻呼唤着她的狗，“对不起，碰到你了。”她对辛澍道歉，大红色的唇膏衬得她满脸的皱纹更加夺目，淡蓝色的眼睛里满是笑意。老妇人拉了拉手里的绳子，小狗往她那边不情愿地挪了挪屁股。“看来她很喜欢你。”她对辛澍高兴地说。

辛澍觉得似乎在哪里见过她。她想起来这就是刚才她在中央公园门口人行道上看到的老妇人。老妇人正用吸管喝着一杯血红色的番茄汁，柯基在她脚边已经轻轻打起了呼噜，她茫然地看着咖啡馆里的人，目光会停在某个人身上一动不动。辛澍想，自己老了大概也是这个样子。

她转头往咖啡馆的窗外望去。玻璃窗上还贴着白色的圣诞树和彩色的铃铛，远处时代广场上巨大的霓虹灯跳跃地闪烁着梦境般的色彩。街道拐角外是第五大道拥挤的人流，各种肤色兴奋的脸，夹杂着彩色的气球，巨大的购物纸袋，卖艺的西班牙语歌手，扮成巴斯光年的流浪艺人，警察站在道路中间维持着车流的秩序。几个小时后，时代广场会变成迎接新年的狂欢海洋，她正身处某种巨大的热情之中，时间在使劲往前推移，如同分娩般即将终止过去一年的妊娠。辛澍拿起手机，现在是下午一点半，她打算给导游打个电话，和身边的这位老妇人聊一会儿，然后在约定的时间地点和旅行团会合，一起坐大巴回新泽西迎接新年。

至于和M的会面，后来辛澍和我说，或许是她还没有做好准备，或许是已经没有再见面的必要了。她后来成为了一名佛教徒，并签署了一份死后捐献遗体的文件。

抽屉

一

一会儿要下大暴雨，飞机不会飞不了吧。余天扭头对开车的王阳说。

王阳的嘴角哆嗦了一下。他轻声说，一会儿我要去修车。

车里钻进了一点高速公路的风声。

乌云铺在整条机场高速路的上空，向远方蔓延，又低低压过来。车速很快，好像没有空气阻力这回事的存在。没有放音乐，空气干涩枯燥，吉普车像独立悬浮在时空之外一个静止的点。在这长久的沉默之中，余天只是透过吉普的挡风玻璃看着灰色的公路，笔直的高速像一条单调而狭窄的河，无论你走不走河流都会以自己的速度往前移动。

机场到了，大雨却还没有倾盆而至。

王阳下车，从后备箱里拿出箱子，低头对余天说，再见啊。

嗯。再见。余天接过箱子，朝王阳笑了笑，转身走向机场大厅。

走到离大厅还有十米的时候，她想，为什么这几分钟不能像电影里的慢镜头一样呢，这样也许他们还有时间再拥抱一下。余天决定，如果这时候王阳还站在那里看着她，她就跑回去，紧紧地拥抱他一下。

她没有犹豫，回头。王阳的吉普车已经启动，掉头。

一辆一辆的车从乌云的深处涌出来，停在机场大厅门前，很多人下车，拿行李箱，告别。

余天站在机场的自动感应门前，门却没有一点反应，紧紧闭着。她左摇右晃了几下，门还是一动不动。她只能往后退了几步，行李箱在地上一顿一顿地发出咔嗒咔嗒的声音，让她显得笨拙而可笑。

这时边上一个正在抽烟的男人突然大喊了一声，芝麻开门。

门慢慢地开了。

余天突然哭了。

二

就写到这里，之后还没想好怎么往下写。余天陷在沙发里，喝了一口酒，她对老马说，我想写个纯粹点的爱情故事，小猫小狗那种。

几年前她自己经历了这么一些细节，乌云是真的，公路是真的，机场是真的，回头是真的，没有目送也是真的，可是，当时真实的状况是她并没有哭，没有一点点想哭的感觉。感应门也没有坏，这个细节来自于生活中毫无关系的一个偶然瞬间。她回头了，但她只是好奇地想回头看看。她一直旺盛的好胜心，即使那个故事里叫作王阳的男人还站在那里深情地注视着她，她也只不过会挥挥手，然后继续往前走，像所有最平常的告别。

她拖着箱子走进机场大厅的人潮里，即将回到自己的城市，大厅外的那个世界那个城市就自然地关闭在大门后了。拥抱、流泪，这么写只是因为“余天”可能会更动人点。

她当时是有一点点难过，可是这种难过是在什么时候结束的，她和那个在故事里被叫作王阳的男人后来怎么不再联系，他们是在什么时候听到对方电话的语音只会感觉尴尬，什么时候他们无论如何也不再能说出一句哪怕是假装关心对方的话，余天都记不确切了。记忆似是而非，可能一些记忆根本就应该不存在，如果它不被回忆的话。

但是余天还是想尽量把这个故事写得更完整一点。至于细节的真假，并不重要。真实，掩饰真实的真实；虚构，掩饰虚构的虚构。这几种东西一直在较劲。虚构的细节和真实的细节，它们被重新选择排列组合在一起，然后组成了你想说的那个故事。

三

那是夏天。世界杯决赛的那一天。北京已经不再炎热，刚好可以在夜晚微凉的空气里喝一杯冰啤酒，姑娘们还穿着漂亮的裙子，在三里屯沸腾的小街上穿行。余天和王阳在一家西班牙风格的露天酒吧里约会，他们在昏暗的灯影里接吻，不远处的大投影正重播着世界杯的小组赛，模糊的人影在上面快速移动。在余天的记忆里，他们的吻一开始还被周围的光打着，一闪一闪的，但渐渐地，光都消失了，那个湿润的长吻带着一点晕眩，陷入越来越深的黑暗。余天闻到王阳嘴里有淡淡的啤酒味。王阳抽烟，但一如既往的，余天在自己喜欢的男人身上永远闻不到烟的味道。

在过去的二十七年里，余天交过不少男朋友，但是用老马的话说，她总是高估了男人。与其说那些男人总是让她失望，不如说，是她对男人的智力和情感抱有不切实际的幻想。她很容易就陷入一场暴风雨般的爱情里，深切投入，无比享受，但也很快在两个人的了解纠缠拉扯中体会到某种幻灭。比如一个男的，会像王家卫电影里的梁朝伟一样，一边聊自己过去的人生一边给她轻轻按摩小腿；一个男的，他们在月光下的无人海滩打滚嬉闹，第二天余天发现自己随身背的小包的每个缝隙里都装满了清理不干净的沙子——但这都掩饰不了他们在生活中逐渐暴露了糟糕或者庸俗的另一面，最后双方总是以一种不堪的方式使得那些美好的瞬间变得像一个个笑话。爱情就像某种精神病，或者像一场车祸，很难保持在一个正常的轨道上。

但余天一直蓬勃地恋爱，那些失败的爱情几乎没有在她身上留下任何阴影。从小到大她受过的最大的挫折，也不过是当着满大街人的面摔了个四仰八叉，爬起来牛仔裤都已经磨破，膝盖上全是沙土和血，她一瘸一拐地穿着高跟鞋继续赶去和客户开会。对余天来说，她从来没有主动地喜欢过一个男人是件挺奇怪的事。就像一所择优录取的学校，她视报名者的表现而决定是否敞开大门，但在每段关系的最后，那个先决定吃药治疗精神病的人，那个车祸的肇事者总是余天，她是那个没有耐心的终结者。

余天对老马说，我要找一个男人，他毛发浓密，胸膛宽厚，拥抱起来像一块发烫的铁。老马嘲笑她，这就是你的问题，你根本不知道你想要什么，什么叫发烫的铁。

什么叫发烫的铁，要抱起来才知道啊。余天微微笑着。

四

王阳在一个朋友的聚会上认识了余天。那时余天正在厨房里做着糖醋排骨，她穿着一条印满小熊的围裙，站在炉灶前一脸焦急地等待排骨收汁。王阳走过去，打了个招呼，然后掏出随身携带的相机，对着厨房里的蔬菜咔嚓咔嚓拍起来。

余天把注意力从排骨上移开，瞪着王阳说，你拍什么呀。

瞎拍。排骨够香啊。

瞎做。

你哪儿人啊？听说话不是北京的吧。

阿拉上海宁，怎么，我普通话不标准吗？余天撇嘴，她的好胜心被立刻激发出来。

聚会的主人突然探头进来。余天，好了吗好了吗，下一个做鱼香肉丝还等着锅呢。

好了好了，起锅起锅。余天拿着盘子，手忙脚乱地捯饬着排骨。

王阳把相机镜头对准她。

酱色的排骨带着黏稠的糖醋汁从锅里滑落到盘子里，垒成一个丰满的小山包。

吃饭的时候，王阳主动挨着余天坐下。余天捋捋头发，悄悄跑到卫生间给自己补了个口红。

余天的糖醋排骨得到了大家的一致赞扬，毫无疑问，那是2010年其中一场愉快的年轻人聚会。十几个人来自五湖四海，喝着红酒，吃着内蒙古带来的羊肉，抽着泰国的香烟；有人唱歌，有人说段子，有人骂社会，有人因为网恋相思发狂偷偷溜出去打电话，有人跑小房间偷偷接吻。那时候，还没有人聊什么资本市场，北京的房子还没那么贵，大家忙着在人人网上偷菜，不知道以后会有很多人被称作网红。他们还有大把时间可以挥霍，去做那些看起来没什么用处的事。

主人家有一把破吉他，大家喝高兴了，有人嚷嚷，王阳，来段吉他吧。王阳就抱着吉他弹起来，扫了两下弦，王阳皱眉，靠，你这什么破玩意儿，这么次。他弹了一首曲子，淡淡的，没听过，没什么炫技的成分，可是真他妈好听啊，每个音符都像从河里流淌出来的水声，大家一下就安静了。余天捂着酒后红红发热的脸想，只有真正懂音乐的人才能弹出这样的曲子啊，和技巧没一点关系。

后来小丁喝多了站起来唱二人转，他是东北人，天生的喜剧演员。大家哄堂大笑的时候，王阳和余天也笑得左摇右晃，他们默契地把身体往两个人的中间靠过去，这样在两张紧挨着的凳子之间，他们的距离又缩短了几公分，余天感到了她和王阳之间的短暂触碰，又迅速地分开。

你干吗的。余天问王阳。

摄影师。你呢？

我，打工，做艺术品代理。余天忍不住笑。

你笑什么？

没笑什么啊。

余天想，我能抱抱你吗？

五

抱抱。

一段爱情关系的开始总是无与伦比的美好，上帝创造了男人和女人，就是为了让他们先体会爱情中完全和智商理性无关的喜悦，然后心甘情愿地筑屋搭巢，繁衍后代。在余天写的故事里，她略过了一大段本应出现的做爱场景。她试着写，王阳的身体很漂亮，像一个饱满结实的枕头。她抱着他，轻轻抚摩他的后背。王阳把她抱起来，放到床上，开始慢慢轻吻她。又或者，余天写，她止不住地呻吟起来，但是最后她把这些全都删了。

她没办法面对这个，这看起来很简单，但又无比深刻，更准确地说，她不知道该用一种重现还是虚构的方式来描述这些私密的过程，她找不到一个虚构的视角，能掩护那些真实的细节。她无法面对。性像是爱情关系中一种难以把握的仪式，有时候这种仪式宛如教皇加冕，有万千礼炮隆隆作响，烟花在黑夜里不断绽放；有时候这种仪式像一场CCTV转播的少年成人礼，滑稽混乱，大家都在不投入地表演；有时候这种仪式又像神秘的邪教聚会，人们戴着面具，穿着奇怪的服装，只为了抵达填满内心深处的一种空洞。但无论哪种仪式，司仪都是男人，在余天的经验里，这个过程总是由男人掌控，然后她做出反应，之后是狂欢，还是崩塌，厌倦，这比爱情本身要复杂得多。你不打开那个抽屉就永远不知道里面装的是什么。

像磁铁的两极，像月亮的圆缺，像物体的抛物线，像所有嗞嗞嗞的化学反应。如果有人把全世界荷尔蒙的吸引力聚在一起，他可以建造一间世界上最大的发电厂，可以轻松地撬动地球翻个个儿，可以轻松地写出一千个一千零一夜故事。

在那次聚会的第二天，余天收到了王阳的短信，他们开始了约会。

第一次约会，他们一起吃饭，聊自己的工作，喜欢看的书和电影。第二次约会，他们在车里接吻，互相摸索对方的身体。第三次约会，他们在王阳的家里做爱。第四次约会，他们做爱，然后一起抽烟聊天，聊自己的童年和少年。第五次约会，他们做爱，然后一起抽烟聊天，聊自己过往的情史。第六次约会，他们一起去看了一部迪士尼的动画片。电影结束的时候下起了大雨，他们俩拉着手，浑身湿漉漉地跑过一条马路，在那里找了个酒吧躲雨，顺便喝了几杯黑啤酒。余天的白裤子上溅了很多泥点，睫毛膏被雨水淋得有点花了，几个小黑点化在脸上。

余天突然问王阳，你还有别人吗?

王阳愣了一下，摇摇头。

当时我不相信，直觉上就不信。余天对老马说。

王阳和余天的最后一次约会，是世界杯决赛那天。第二天一早余天要赶七点的飞机去巴黎出差，王阳要七点起床，拍一个五线小明星。他们肝肠寸断地吻别，仿佛分别会有一个世纪那么冗长。那时他们还没有苹果手机，没有微信，也没有FaceTime，只有笨拙的短消息和QQ。世界还不是很平，非但很圆，而且还有点凹凸。

余天在欧洲晃了两个星期，在忙碌奔波的间隙，她一直没有收到王阳的邮件或者短信。回国前一天，她在伦敦捏着手机想了很久，然后给王阳发了一条短信：明天回来，来接我吗？我想待几天再回上海。

第二天早晨醒来，余天看到手机上显示王阳的短信：好。

余天特地把接机的时间说晚了半个小时，她拖着巨大的行李箱拐进机场洗手间，在台面上摊开一堆瓶瓶罐罐。伦敦到北京十二个小时的长途飞行让她看起来浮肿憔悴，她给自己仔细地化了个妆。保洁阿姨走过来说，很好看。余天感激地对她笑，保持好看的程度意味着对那个人的重视程度。

王阳准时地出现在机场，穿着一件洗旧的白T恤，余天远远就看到他漂亮的胸肌，她迎上去，但没有她期待中那个热烈的拥抱。她谨慎地缩了一下。

两人都戴着墨镜，笑笑，看不到对方眼睛里的心思。

余天不是没有感到王阳其实一直都离她很遥远，两个星期的分别之后，他们似乎仍然站在地球的两边。

但也正因为遥远，和之前的爱情关系相比，余天采取了一种更主动的姿态企图进入王阳的内心世界。她对有才华又疏离现实生活的男人有一种强烈的好奇心。和做爱相比，余天更喜欢聊天，那件事让她觉得自己像一个容器，而聊天让她感到她掌握了更多的主动权。她希望自己是一把钥匙，像一个男人打开自己一样，她也能打开一个男人。

余天有个小秘密，她从来没有和任何人说过。她从小就爱翻别人的抽屉，一旦有机会，在别人的房间里，她会像一个小偷一样紧张地打开尽可能多的抽屉，一个一个地检阅过来，然后原封不动地把这些东西放回原处。一开始只是为了好玩和好奇心，但渐渐地，余天把这当成一个智力游戏，像一台电脑一样检索着所有看到的信息。那些信息往往是在日常生活中看不到的，这个隐秘的发现过程让余天感觉到一种犯罪般的兴奋和刺激。有时候，她会翻到一个人的记事本，一些照片，一本书，她会尽可能地仔细检视；有时候，她会翻到床头的抽屉里，除了避孕套，还有一瓶杜蕾斯润滑油，一个粉色的性爱小工具，她会发出啧啧的惊叹；更多时候，她会翻到一些没有明显意义的小玩意儿，一个发卡，一张地图，一叠电影票，一些零碎的票据，一沓钱；最离奇的东西是她曾经在一个前男友家里翻到一瓶剪碎的肉色丝袜，装在一个透明的玻璃罐子里，余天举着这瓶丝袜看了半天，心里忍不住发出一阵尖叫。

所以你后来在王阳家发现了什么？老马听到这里，发出了一声冷笑。

余天没有回答老马的问题，她对老马说，我不知道该怎么结束这个故事，所以现在我有两个结尾。

六

从机场回到王阳的家，他们的身体迅速地亲近交缠，之后王阳很快就睡着了，黑沉沉的卧室像一个贴上了封条的纸盒子。余天轻手轻脚下了床，时差让她毫无睡意。她洗了个澡，用浴巾围住身体，打开冰箱，开了一罐苏打水，在黑暗的客厅沙发上坐了下来。

苏打水的气泡争先恐后地浮上来，在她手里扑哧扑哧爆开。

余天仔细地打量着这间客厅，她第一次有了独自一人待在这里的机会。客厅不大，布置很简约，王阳有很好的审美品位。她左手边的一面墙是一整面敞开式的书架，每个格子里都堆满了书和小摆设，还有一些王阳拍的黑白照片，装在小相框里，有静物，有风景，有女人。没有抽屉。

沙发对面的一面墙放着电视机，电视柜的下面有两个薄薄的小抽屉。余天裹紧了浴巾，走过去轻轻拉开。一个抽屉里面有一些凌乱的充电线，一些相机的SD卡，各种电池；另一个抽屉里塞满了各种电影DVD，余天翻了一下，都是些欧洲的艺术片。

她自己坐着的这一边有落地灯，小圆茶几上堆着一些书和时尚杂志，还有她在机场免税店给王阳买的一条雪茄，一个塞满了烟蒂的玻璃烟缸，几个一次性打火机。

她把视线转向右手边靠墙的白色电脑桌。这是一张很大的工作台，上面竖着一台27寸的iMac，工作台没有抽屉，所有的东西都零散地堆在台面上。余天本能地觉得该发现点什么的时候到了，她走过去，扫视着乱七八糟的桌面：一袋吃了一半的腰果，一个宜家的黑色水杯，几支铅笔，几本散乱的摄影杂志，一盒白色的万宝路香烟，一个Zippo打火机，几张写了一些数字的黄色易事贴，一台黑色的徕卡相机，一个放在电脑旁的文件架，一些纸张，还有一叠照片，从一个信封里露出了一个角。

余天抽出那叠照片，一张一张看起来。是一个女人在海边的各种特写，短发、很瘦、T恤、牛仔裤，像个小男孩，眼神有力而清澈。

她舔了舔嘴唇，视线落到了那个文件架上。有一叠A4打印纸，没用过的和用过的混在了一起，她用手捋了一遍，大部分是空白的。那几张有字的纸被她轻轻地抽了出来，有的写了一些工作日程，有的写着一些碎片式的词语，像是工作时随手记下的想法，她小心地按原样放了回去。最后一张纸，她看到上面印满了打印出来的各种人名，按姓的第一个拼音字母排序分类，看起来都像是一些陌生的女人名字。

在Y一栏，余天没有看到自己的名字。

七

从机场高速往西开，余天在车上一直叨叨地说着欧洲的见闻，王阳只是简单地应和着，她觉得自己已经有些过于努力地说话了。过了收费站，王阳突然没头没脑地嘟囔了一句，本来这两天我想和朋友去五台山玩的。

余天有点吃惊，她迅速调整了一下反应，看着他真诚地说，那你告诉我嘛，我就不来了。

没事。王阳轻声说。

余天突然心跳快起来，她说，我要回去。

啊?

下个出口掉头，我要回机场。

你疯啦。上车以后，王阳第一次转过头来看她。

没疯，我想回上海，有急事，不回不行。她声音很冷静。

我得罪你了？不高兴了？

没有。

说说吧。

没什么，就是必须得回去。她对他笑笑。

王阳把车在路边停下，他们俩沉默了两分钟。

你确定?

确定。

王阳猛踩了一脚油门，吉普车粗暴地往下一个出口开去。

车里钻进一点高速的风声。

乌云铺在整条机场高速路的上空，向远方蔓延，又低低压过来。车速很快，好像没有空气阻力这回事的存在。

一会儿要下大暴雨，飞机不会飞不了吧。余天扭头对开车的王阳说。

王阳的嘴角哆嗦了一下。他轻声说，一会儿我要去修车。

好了，故事结束了。

余天把杯子里的酒一饮而尽，她问老马，如果两个结尾都是真的，你更喜欢哪一个?

最后一个夜晚

他朝她迎面走来，毫无疑问，他是一个英俊的中年男人。她盯着他看，觉得在哪里见过他。他拖着一个银色的金属登机箱，黑色的羽绒服敞开着，深灰色毛衣的领口露出了一点白色T恤的边，皮肤很黑，头发蓬松，步子迈得很大，浑身上下的线条笔直坚决。他穿过那些在她眼前晃动的肩膀、摇摆的手臂、挪动的屁股，那些走着的、坐着的，布景一般的人群，越来越近；在和她擦肩而过的一刻，他漫不经心地瞥了她一眼，她只来得及看了一眼他漆黑的眼睛，他就从她身边无声无息地走了过去，像原野上滑过了一只鹰的影子。候机楼的玻璃墙外有一片巨大的白色原野，从上午开始的这场大雪正在一点一点地覆盖着这里。

宁远刚到机场，准备去换登机牌。下午两点，机场里一片忙碌沸腾，那个和她一起出差的女同事，从一见面就开始不停地抱怨这场大雪。在她们从市区来机场的路上，高速公路的交通已经开始变得有些糟糕。女同事跺着脚，试图抖落那些已经在鞋面上融化的雪水，宁远也有点郁闷，倒不全是因为天气，她喜欢下雪，她郁闷的原因是昨天换了个理发师，把头发剪坏了，现在她一晃脑袋就觉得头上像顶了一颗碎南瓜。“武汉那边可真会挑日子，”女同事还在叨叨，“我说下个礼拜一开会吧，他们非要明天，真是……唉我是不是忘带那什么了……”她埋头在包里翻找起来。

“你先去登机口，我等会儿过来找你。”宁远拍了一下女同事的肩膀，没等她抬头，就转过身拖着行李箱往刚才来的方向跑去，箱子的滑轮跟着她的脚步在地面上飞转。她跑得有些笨拙，箱子里放了笔记本电脑和一些样书，有点重。她跌跌撞撞地在视野里急切搜寻刚才那个男人的身影，人们以为她就要错过自己的那班飞机，纷纷主动闪开为她让出一条路来。

终于看到。她追上去，轻轻拍了一下他的后背。

他转过身来，茫然地看着她。

是他。“你好——还认识我吗？”她努力调整着呼吸。

他面无表情，但宁远感觉到他不易察觉地皱了皱眉。她是不会放弃的。“去年，在拉萨的酒店，我有高反，”她气喘吁吁地说，“陆——陆扬，你叫陆扬，对不对？”她笑起来，想用这过于殷切的笑容掩饰自己的尴尬，“想起来了吗？我是宁远。”

男人黑白分明的眼睛闪了一下，他把视线投向宁远的身后，像在思考什么。当他再把视线重新聚焦到宁远脸上的时候，他向她慢慢伸出了右手：“你好，宁远。”

她的笑有点僵，觉得有哪里不太对劲，他的握手更像是一种拒绝和间隔。她伸出右手，和他轻轻握了一下，他的手心温暖而干燥，在他们短暂触碰的那一刻，却又轻易地覆盖了她心里一脚踏空的失落和一路狂奔的燥热。她的宽慰和怀念来自这双温厚结实的手。那个夜晚，此刻她记忆犹新。她没想过会再遇到他，他们不过是两个在高原上有过短暂交会的陌生人，此刻候机大厅里温暖如春，她的喘息还未平息，心还是突突地跳着，在这片白色的原野上，在这个划出巨大圆弧线的机场孤岛上，重逢突然得仿佛一场幻觉。

桌上是他们滚烫的咖啡，他们在这唯一一张空着的小咖啡桌旁坐了下来。机场角落里的这间小咖啡馆里已经坐满了人，各种行李箱挤挤挨挨地放在桌子过道中间。宁远看到挨着他们的一对年轻的情侣，在头挨头地分吃一块蛋糕；一个专注地在手机上看着综艺节目的谢顶男人，大家要谢谢他戴了耳机；男人身后有一个四五岁的小男孩趴在椅背上瞪大眼睛盯着他手里无声的手机屏幕，小孩衣服的一角被母亲紧紧拽着，怕他从椅子上掉下来。宁远胡乱琢磨，不知道什么节目这么好看。正常情况下，她的飞机会在一个小时十五分钟以后起飞，但她想无论如何他们还有时间坐下来一起喝杯咖啡。

“天气太糟糕了。”

“是啊。”

寒暄陷入了可怕的沉默。他们几乎同时拿起了咖啡纸杯，又都发现太烫没法喝。

“对不起，刚才真的没想起来，我不知道你叫宁远，你好像没告诉过我。”陆扬靠在椅背上，坐得笔直。

“好像是啊——”她搜索着记忆，没告诉过他自己的名字，他也没有问过。从刚才到现在，她觉得一向谨慎的自己这回可能真的疯了。“真没想到在这里遇见你，你去哪儿？还好吗？还在拉萨吗？”一想到他可能随时会消失在某个登机口，她就像被咖啡烫醒了——她盯着他的脸，他的头发上有一根很小的白色羽毛，一点点绒毛在空气里微微颤动。

“我来北京办点事，回成都。”他迟疑了一下说，“你是去年春节去的拉萨吧，后来没多久我就辞职了，现在在成都自己开了一家小中医医院。”

“啊，真好。”宁远有点吃惊，出于礼貌她没再问下去。刚才她就注意到，陆扬穿着的衣服和鞋子看起来都质地很好，价格不菲，旅行箱也是那个很贵很有名的牌子，这些东西让他散发出更加优雅的魅力；他的皮肤依然黝黑，五官依然英挺，但整个人却多了一些矜持和闪烁，和那个她在拉萨认识的贫穷、谦卑的他判若两人，她猜想他的生活一定发生了很大的变化。“要糖吗？”她没等他回答，就把糖包递给了他，确切地说，是塞到了他的手里。她看着他撕开糖包，他的手是她见过的男人里面最漂亮的，细长笔直的手指，指甲有干净的光泽，骨节的大小恰到好处，手背上的青筋隐约凸现，一双干净的性感的男人的手，仿佛天生拥有某种让人浮想的技艺。被撕开的荷尔蒙和细密的白砂糖一起纷纷落在咖啡里，宁远想起了这双手曾经覆盖在自己额头上的感觉，他白大褂上干燥的消毒水味道瞬间扑面而来，再一次包围了她。

那次她又一个人去了拉萨，春节假期无所事事，又是藏历新年，这是一年中游客最少的时候。她是故地重游，所以也没做什么旅行准备，买了机票订好酒店就去了。但是她没想到的是，那次的高原反应比几年前要强烈得多。冬天的拉萨，白天阳光充沛，但日落后会迅速降温，整座城市陷入近乎荒凉的凋敝。当她深夜从缺氧的睡眠中惊醒时，剧烈地头疼和恶心，一阵阵发冷，呼吸困难，心跳得像错乱的鼓点，那一刻她怀疑自己就要客死他乡。

酒店客房服务告诉她过年期间这个点要去医院只能叫急救车，幸好这是拉萨最好的酒店，有自己的驻店医生，陆扬就这样穿着白大褂，提着医药箱走进了她的房间。他像酒店服务生一样礼貌、职业，谦卑地询问她的状况，她昏昏沉沉地靠在床头，隐约觉得他低沉温和的北方口音，瘦高笔直的身形，甚至仅仅是空荡荡的房间里来了另一个人，都让她消抵了一些惊慌和痛苦。他给她测了血氧饱和度和脉搏，很低。他说，对不起，体温计落在另一幢楼的医务室里了，回去取太远了。然后他把手放在她的额头上试探体温，床头的灯光被他挡住了，宁远一下子陷在了他的影子里，仿佛有什么被这个影子吃掉了。放在她额头上的手厚实而柔软，几乎覆盖了她，她的心颤了一下，很久没有男人这样触碰过她了。

他说，您这状态走不到医务室，就在房间里输液吧，放心，有高原反应很正常，没感冒发烧就没问题。他抱着房间里的落地灯一点一点挪到她的床头，取下灯罩，把装着葡萄糖液的袋子挂在灯架上，努力地不发出任何多余的响动。他弯下腰，调整好她的手臂，往她手背上纤细的血管里扎进针头。那么近，她闻到他白大褂上很淡的消毒水味道。她躺在床上，睁大了眼睛，他在灯光下蓬松的头发，鼻梁笔直的线条，两颊上有一点属于高原日晒的淡红，皮肤上的绒毛闪闪发亮，像一匹温和的马。她忍不住有一种想伸出手去触碰的冲动，似乎有什么东西在三千七百米的海拔上代替了氧气进入了她的呼吸和血液里。她想象了一个吻，也许不仅仅是一个吻。她在撕裂的头疼间隙里想。他应该是对女人很温柔的那种男人，他是医生，也许不会嫌弃她左胸部位上那道长长的，微微凸起的粉红色伤疤，三年前乳腺癌手术留下的疤，他的手会包裹住那个平坦到近乎凹陷的胸口，令那里温暖起来吧。心还是突突狂跳着，她那突如其来的幻想，和氧气、葡萄糖液一起慢慢进入了她的身体里，感觉渐渐轻松起来。她闭上眼睛，睡了过去。

宁远很难忘记那天晚上自己睁开眼睛看到的第一个画面。窗外一片漆黑，房间一角亮着昏暗的橘色灯光，静谧如梦。白色床单的另一头，一个陌生男人坐在深棕色的地毯上，靠着床沿，身体往前微微弓着，左手捂着自己的肚子，正低头看着一本放在地上的书。

他听到床单窸窸窣窣的声音，抬头问她，您好点了吗？我看您只有一个人，就没走，得看着您输液……唔，晚上吃了速冻汤圆，胃很不舒服，我可以坐在这儿吗？宁远点点头，她这才发现，他眼神清亮，但黑眼圈很深，看起来非常疲惫。对了，我看桌上有本书，刚才就顺手拿过来看了，很好看。他把书拿起来朝她晃了晃，那是她带着路上看的书，萨冈的《冷水中的一点阳光》。好看吗？她又问了一遍，像确认什么似的。好看，好看。他合上书，放在一边，专心和她说话。

感觉好多了，就是有点灵魂出窍又刚回来的虚脱感，像“贤者时间”，她说。他笑起来，那笑容让人不由想要去讨好他。怎么一个人过年跑这儿来了？他问她。为什么，我才不告诉你因为很孤单呢，宁远心里想，嘴上却淡淡地说，以前来过，喜欢这里人少，天高，安静。你呢，是哪里人，为什么来这里工作？和她一样，他也显得挺奇怪的。他转过来身体，把胳膊靠在床沿上，看着她说，我是西北人，我呀，我是个孤儿，从来没见过自己的父母，可是我的养父母对我很好，特别好，说着他的口气有点唏嘘起来。宁远吓了一跳，她仔细辨认了一下他的表情和声音，确定他不是在开玩笑或者随口瞎扯，她并没有准备好要和一个陌生人进行这样深度的对话。他继续说，他们是农民，但我养父会中医，一直很受大家尊敬，他从小教我针灸什么的，我后来就学医当了医生，开了个小诊所。前几年他们俩相继得了癌症去世了，给他们看病借了很多钱，诊所也因为要照顾他们顾不过来早关了，我就把老家的房子卖了，还了一部分债。朋友说这里工资高，我就来了，来了半年，结果后悔了。他咧了咧嘴，像是在疼。这里只有我一个医生，这么大一酒店，我一个人一周七天二十四小时值了半年的班，而且高原反应晚上更厉害，常常半夜两三点刚躺下，睡不到一会儿就又有人打电话看病。我已经很久晚上没睡过完整的觉了，头儿说没人替班，也不让我休假。现在冬天淡季，人还少，等到了夏天旅游旺季……他苦笑着摇头说，等夏天合同期一满我就回去，女儿还在家等我呢。女儿？嗯，离了，她上小学了，表姐带着。您呢，结婚了吗？他问。她摇了摇头。他也不再说什么，只是又轻轻叹了口气。

宁远最怕听到男人叹气。一个背井离乡，被工作弄得疲惫不堪的男人，在氧气稀缺的高原上思念着自己的女儿，就像一个老派深情的电影。她被自己的同情心激荡着，如果不是她还吸着氧，她会走过去坐在地毯上和他聊天吧，聊聊更多自己的事，聊聊他们在拉萨去过的地方，聊聊他在看的那本书，然后也许她真的会伸出手去抚摸他的眼睛和嘴唇。也许他也一样渴望着我吧——这样的想法让虚弱的宁远有点晕眩。

咖啡已经喝掉了一大半，在东拉西扯了一阵子武汉和成都的食物玩乐之后，差不多同一时间他们在各自的手机上收到了自己航班延误待定的信息。雪还在下着，陆扬因此显得有点焦躁，他不再说话，低头在手机上发了一阵子信息，也许正在通知家人，但这大片红色的“Delay”正是宁远隐隐期待的。她捧起咖啡杯，小心地让自己的胳膊不要碰到隔壁桌挤挤挨挨的人。吃蛋糕的小情侣走了，挨着他们的那个大学生模样的红衣女孩刚才差点把热茶泼到了她身上。更多的人挤进了咖啡馆，在等待中被不断消耗耐心和体力的人们需要食物和饮料的补给，需要体面安稳地坐下。按天气预报的说法，这可能是五年来北京最大的一场雪，会一直下到夜里。在这个巨大的白色星球里，此时大约有十几万人被困在了这里，但也许一万个人里只有她一个希望这场雪不要停，飞机不要起飞。时间滑出了既定的轨道，她在这种混乱的状态里反而感到了一种特别的安定，她想和他尽可能多待一会儿，尽管她不知道自己能提出什么问题，他又是否能给出任何答案。

“第一次遇到这样的情况。”

“我也是。”

“看这样子航班可能都会取消，你着急回去吗？”她问，目光停在他的手上。

他沉默了一会儿。“明天下午有件挺重要的事要办，不过——也可以改时间。”说着他停止了打字，从手机屏幕上移开视线，抬头看着她有点疑惑地说，“你的手怎么了？”他放下手机，指了指她的手。

“啊——”宁远吓了一跳，没想到他也在注意自己的手，她低头，发现陆扬说的不过是她的指甲，很短，边缘很不齐整，看得到肉。她忙握起拳头，藏起那些难看的指甲，“咬的，我一着急就爱咬指甲。”

“我女儿也这样，爱咬指甲，后来我给她都涂上指甲油，她就慢慢改了这毛病。你也可以试试。”他脸上浮现笑意。

“她现在和你在一起了吗？”

“对，她在成都上学——对了，你是做和书有关的工作？如果我没记错的话。”

“你还记得啊，我在出版社工作，是图书编辑。”她有点意外。

“当然记得，我还记得我在你房间里看过的那本书，后来我自己去买了一本看完。还有你给我的两百块小费，挺多。”他说完自嘲地咧了咧嘴。

宁远愣了一下，余光里瞥到隔壁桌那个一直在刷手机的红衣女孩抬起头扫了他们一眼。

那天晚上当然最后什么事也没发生，她一直躺在床上。她只是一个谨慎的幻想狂，一个一焦虑就咬指甲的女人，一个只有一边乳房的女人，每时每刻都要修正自己的平衡感。他们后来又随便聊了些什么，她也渐渐恢复了正常的感觉。临近午夜的时候，她的葡萄糖输液袋终于空了，那时又有其他酒店住客给他打电话，说有比较严重的高反状况，他得尽快过去。付医药费的时候，她突然让他自己从她的钱包里再拿两百块钱，他愣了一下，然后从她的皮夹里抽出了两张一百块。谢谢。他微微欠身说，恢复了刚进来时服务生般的语气和肢体语言。明天还是在房间里继续休息吧，有情况随时打电话到医务室或者客房服务找我，说完他收拾好医药箱，轻轻关上门走了。她关了灯，在黑暗里，寂静而空旷的房间让刚才那些性幻想迅速干瘪，死去，她渴望有什么能冲破她的坚硬，但又害怕那将置自己于某种暴露或缺失之中，于是她付出了一点点金钱，说服自己心安理得地继续坚硬。

"不是，那时我没别的意思，我就是——想感谢你。"她有点急了。两百块能买什么？一点优越感？

陆扬在嘴边竖起手指，对她做了个嘘的手势。"后来第二天晚上，不，应该说是之后的早晨，你是怎么离开拉萨的？"

宁远回想起来还是有些懊恼。第二天她尽管躺了一整个白天，到了晚上高反依然又严重起来，陆扬来看了状况，让她继续吸氧，并且建议她尽快离开拉萨，然后又被别的病人匆匆叫走了。她丢盔弃甲地收拾行李，还没来得及告别就逃离了那里。"我头疼得一晚没合眼，订了一张最早飞北京的机票，撑到四点多让酒店帮我叫了个出租车……特别狼狈，我奄奄一息坐在那辆破旧的出租车里，司机是个年轻的藏族小伙子，副驾坐着一位穿民族服装的藏族大叔，车里一路放着欢快的藏语流行歌曲，你知道，广场舞那种节奏，在凌晨四点漆黑的拉萨街头狂奔，然后司机半路又拉了一个也是去机场的游客小女孩。他们俩一直不停地叽里呱啦说着藏语，我和那个小女孩呢，从头到尾没有任何交流，像各自揣着一肚子心事。前排和后排就像两个世界，我闻着车里淡淡的羊膻味儿，听着藏语歌，屁滚尿流的同时，体会着他们生活里细微的快乐和我濒临崩溃的死亡恐惧——你不觉得这一幕很荒诞吗？”

他大笑了起来。“后来还去过拉萨吗？”

“没有了，可不敢去了，”宁远摇头，不好意思地说，“再说，你也不在了——”她大吃一惊，自己居然鬼使神差说出这么一句话。

陆扬的脸上也闪过一丝惊讶。

隔壁桌的那个女孩子又从手机上抬起眼睛看他们。她一直在偷听他们说话吧，宁远甚至觉得她向她挤了挤眼睛。她想咬指甲了。

幸好手机及时地响了，她接起来，电话里女同事尖利的嗓音听起来异常遥远，她对陆扬做了个手势，拿着电话走到了咖啡馆外面。女同事很愤怒地说，宁远你在哪儿？现在所有的航班都取消了，机场关闭了。机场一会儿肯定一塌糊涂，她准备从候机室出来，回家，明天一早再过来，现在机场高速路也已经封闭了，出租车少得可怜，她只能坐机场大巴回到同样乱糟糟的市区。宁远小声地对女同事说，我遇到一个很久没见的老朋友，你别管我了，明天早上直接在机场碰面吧。什么老朋友啊，这兵荒马乱的，女同事打听。宁远想了想对她说，就是那种你一辈子只见过他一两回，但他会给你留下难以磨灭印象的朋友。

沉默了片刻。“好吧，你注意安全。”女同事在电话那端不无揶揄。

她挂了电话，在咖啡店的玻璃上看到自己的映射。白皙温婉的圆脸，染成深栗色的“碎南瓜”齐耳短发，身形匀称，穿纯色的质地良好的衣服，像个好脾气的日本女人。过去有过几个男朋友，也有糊涂也有托付，但上一个男朋友是三年前的事了，很久没有约会，没有恋爱。她也并不觉得那些很重要，她要是能喜欢上谁，倒是好事，可是竟然没有那种愿望。她和自己相处得很好，有一套小房子，一墙的书，给家里的花花草草定时浇水，晚上用面包机给自己做没有糖和黄油的面包，每周去瑜伽班上两次课，每隔四个月去医院做乳腺癌的复查，睡前按医生的指导手法按摩十五分钟右胸，然后看一集iPad里下载的美剧，关灯，在十二点之前睡着。她很幸运，熬过化疗阶段地狱般的痛苦，医生说她康复得很好，但五年的复发危险期还有两年。她也渐渐习惯了那一块的平坦，对着镜子摆弄有义乳的文胸也自然而然，除了在别人面前脱掉衣服这件事还是让她觉得难堪。她是要求完美的人呀。医生告诉她如果她想，可以做一个乳房再造手术，用自己背部的肌肉和皮肤做一个左乳，但是可能会有更大的瘢痕。乳头可以用皮瓣，乳晕则需要文身。

文一个乳晕？可以要婴儿嘴唇般的粉红色吗？

此刻机场大厅里的混乱也令她吃惊，暂时失去了目的地的人们滞留在了机场，大片大片。满地的行李车和箱子，能坐的地方早就坐满了人，更多人沿着墙横七竖八坐在地上，小孩啼哭的声音和浓烈的方便面味道弥漫在空气里。想到很多人要这样维持到明天早晨，她就闻到了一些灾难片或动物园的气息，还有厕所里溢出来的味道。文明和秩序不堪一击，人是太容易崩溃和被摧毁的动物。她知道自己今天的奇怪行为，很快就会传到出版社的其他同事耳朵里，变成一个八卦，就像她也曾听说那个女同事和社里比她小十岁的美编纠缠不清一样，但是无所谓了，今天她是这场混乱的共犯。她转过身，看见陆扬坐在咖啡桌旁，透过玻璃墙也在看着她，他们四目相对，他没有回避她的眼神；在晃动的玻璃映像里，他像是在思考着什么，又似乎只有一脸模糊的茫然。所有的这一切，纷飞的大雪，凝结的道路，混乱的机场，在明天早晨都会结束；她要做的，就是不顾一切地去抓住越过平庸生活一切规则的这一刻，在每一分每一秒都一点点消散的现实世界里，让她和时间沙漏里的沙子一起落下去，被这所谓的冒失深深掩埋。

不想再浪费时间了，哪怕她觉得自己像一个色情狂。再见到他，他还是那个她想找的人。他天生有迷人的眼睛，懂得取悦，会视女人的快乐为自己的快乐——她用自己的直觉填满了对他未知的那一部分，她找了很久，不，确切地说，她根本没找过，她只是等了很久。夏天的时候她曾试着和一个以写杂文著称的男作者亲密接触，那个男人每到深夜就在微信里给她发一些古典音乐会的链接。他戴着一副黑色细边圆眼镜，已经开始有些发福，总是闪着关切的眼神对她说，小宁啊，你这个人很单纯，性格很好。她想试一试吧，他趴在她身上，喘着粗气把舌头挤进来，她闻到他嘴里有香烟和茶水混合的怪味道，湿漉漉地在她嘴巴里面搅动。他的手着急找连衣裙的拉链，气喘得越来越粗，她在想要不要和他说不要碰她左边的时候，他已经把手从文胸下面撬了进去，然后整个人僵住。她说了原因，他大呼一口气，颓然倒在了她的身边，把她的手拉过去放在他那里，说，怎么办，软了。她不知道说什么，躺在那里，有点愧疚，又有点想看看到底能糟糕成什么样子，然后她好理直气壮地走掉。后来他用手机放了一支巴赫，爬起来抽了一根烟，又趴到她身上，乱摸几下，然后直接把她裙子掀起来翻到腰部，开始摸摸索索解自己裤子拉链。宁远一把推开他，整理好裙子，拿起包走了。她奇怪自己怎么不生气，只是觉得很滑稽。她在便利店买了一大盒冰激凌，坐在街心公园里一口气吃完。她想，要不要弄一个文身的乳晕呢，但是近看还是很明显不一样呀。

咖啡馆里的人几乎多到像早高峰的地铁，买食物和饮料的长长队伍已经排到了门外，但是透明餐柜里只剩下了几块可怜巴巴的蛋糕，令人担心啊；两个粗壮大汉因为插队大声争执了起来，咖啡机喷射出来嗞嗞的蒸汽声也显得格外焦躁。宁远侧身小心地穿过骚动的人群和大包小包，坐下对他说："航班都取消了。"

"我知道。"他脸上满是无奈。

"你打算怎么办？"

"准备去机场附近找个酒店住一晚……你呢？"

"我——"她想说，我跟你走好吗。

边上那个也许一直在偷听他们谈话的红衣女孩突然举着手机，

凑过来对陆扬说："对不起打扰了，请问您有充电宝吗？能借我用一下吗？"

"有，"陆扬立刻转身从羽绒服口袋里掏出一个充电宝，又从另一个衣服口袋里抽出一张纸巾一起递给她说，"您的手机背后有水。"

女孩一脸感激，连声道谢。

她等他转回身坐正，咖啡馆里嘈杂的声浪小一点儿了。

"我们走吧。"她鼓起勇气说。

"什么？"他没反应过来。

"我们走吧，离开这儿。"宁远再也忍不住了，她往前探出身体，越过整个咖啡小圆桌，终于把陆扬头发上那根白色小羽毛拿了下来。陆扬的眼睛闪了一下。这不是挑逗，虽然看起来是，她就是看着难受。

他怔怔地看着她。

"走吧。"她坐回到椅子上，对他再一次说。

他看着她。

他站起来，拿起椅背上搭着的羽绒服。"走吧。"他说。

"您的充电宝还在我这儿——"那个女孩叫住他。

"你拿着用吧，也许你还会在这里待很久。"他已经穿好外套。

女孩仰头笑眯眯地望着陆扬说："那我们加个微信吧，回头我把充电宝寄给你啊。"说完看了一眼宁远。

陆扬犹豫了一下，对她说："不用了，送给你吧。"

"那你们拿着这个吧，"女孩连忙站起来，差点又打翻桌子上的热茶，她朝宁远塞过来一块保鲜膜包着的鸡肉三明治。“我刚才买的，作为交换和感谢。”她笑着，大眼睛眯成两条弯弯的细线。

宁远伸出手接过了三明治，她真的有点饿了。

坐巴士到酒店的路上，天色已经变得昏暗，暮色里的雪小了一点，真温柔啊，雪带来的寂静。巴士开得很慢，摇摇晃晃，他们一前一后坐着，她盯着他的后脑勺，看到了几根白头发。这是爱情吗？这两个字让她感到沉重和慎重，她无法给自己答案，还是“误以为”的爱情，或是“自以为”的爱情。她被欲望推搡着，纤细汹涌，夹杂着强烈的自我，也曾经强烈地吞咽着要活下去的欲望。“没有幸福，只有自由和平静。”她记不起是在哪儿看到的话了，但她确信，自由和平静就是幸福本身，就像此刻。白茫茫一片里，只有棉花糖一样的雪花和灰色的麻雀在空中飞过。下车的时候，雪花落在嘴角，她舔到嘴里，像一个热吻，瞬间融化。

他找了机场附近最好的一间酒店，她跟在他后面，拖着箱子，他们拿了房卡，进了电梯，脚步陷在柔软的地毯里，纤维摩擦发出沙沙的骚动声。她想象两人进了房间，会像电影里一样干柴烈火般迅速点燃，他把她压在墙上，甚至撕破了她的衣服；可是他们进了屋只是各自慢吞吞脱了外套，有点尴尬地对坐着，仿佛不知从何下手。房间里很暖和，她觉得背后在冒汗。

陆扬站起来，把房间的窗帘轻轻拉上，但是还留了一道缝隙，白得刺眼的细光溜了进来。

“好点了？”他问她。“这房间没有拉萨的好。”

她笑得有点被说中心事。

陆扬走过去，把她揽入怀中，用手捧着她的脸，轻轻地吻她，那么柔软的吻，没有情欲的味道，更像是一种安抚。宁远轻轻颤抖起来。这像另一个故事，是什么把这两个刚才还客套着的男人女人变成了另一种关系？

她试着克服自己的追问，回吻他，主动地把舌头探进他的嘴巴，和他的舌头、牙齿、上颚交缠在一起，她尝到一点甜甜的湿漉漉的味道，又有一丝咖啡的苦味。他们像两条嘴对嘴呼吸的鱼，滑腻腻地，从水里蹦上冰面挣扎着。

干涩。她想。

“唔，好像也不是很想做爱。”她退出来，支支吾吾地说。

他笑了，“我也是。”说着，又在她嘴唇上轻轻补了一下。

“我在想，你为什么跟我来？”她知道自己这个问题很蠢。

“因为这场雪，还有，我好奇心很强。”他说得很坦诚。

“好奇？”

“嗯，我感觉，你看上去很想和我说什么，很需要我。我想也许我能帮你做点什么。”

“我——只有一个乳房。”她脱口而出。

“什么？”

“我只有一个乳房，我做过癌症手术，但我觉得你是不会在意的那种人。”

他的嘴角和声音微微上扬：“为什么？”

“因为我就是这么觉得的。”她的嘴角抿了起来。

有那么一会儿，他没说话。空气里像是突然出现了一个断层。宁远站在另一端望着他，在想要不要拙劣地补一句，哈哈哈是个玩笑啦，然后拉起箱子出门走人。

“你一定想知道我为什么突然离开拉萨，开了医院，突然变得有钱了吧。”他突然说道，说话的声音变得有些模糊起来，“有一天，我在酒店里认识了一个女游客，和你一样，单身，高反很厉害。我给她治疗，她人很好，后来我跟着她去了成都生活，她帮我还清了家里欠的债，帮我开了医院，把女儿接过来……明天下午我们本来要去登记结婚。”他漆黑的眼睛看着宁远。“其实在机场你一叫我我就认出你了，心里很高兴，可是不知道为什么我当时第一反应是想装作不认识你。”

拉萨的夜里他说的那些话，唤起的当然不只有她的同情，还有别人的。

“你一定觉得我是那样的人吧。是，我就是那样的人。”他倒在床上，陷了进去。沉默了一会儿，又坐起来，像是安慰她又像是安慰自己说，“好了，现在你比我完美了。”

宁远笑了。我们都是些普通人啊，对这些有魅力的人来说，让他们守住自己的魅力不用，就像禁止有钱人花钱一样，这些漂亮的，善良的，聪明的，又自私的人，像《红玫瑰与白玫瑰》里的最后一句话：“第二天起床，振保改过自新，又变了个好人。”谁不偏爱命运里突然反转的奇迹呢。“好好结婚吧，恭喜你。”她说着，从后面轻轻抱住他，把头靠在他的背上，不再颤抖，她确信自己只想和他经历一次完美的性爱。他们彼此原谅了对方身上令人羞愧的那些东西，这几乎是最好的一天。他们意外重逢，彼此靠近，坦诚相见，又会在第二天分开，各奔东西，杳无音讯。这也是永恒的一天，永恒意味着无可替代，无法改变，可以在记忆里永远存活下来；在之后漫长而平庸人生的某些瞬间里，他们可能会把因为大雪和偶遇改变的这一个下午和夜晚拿出来反复回味，并在一次又一次的回忆中，把发生过的这一切描述得更加完美和理想化。

她转过身，背对着他，开始一件一件脱毛衣，长袖T恤，解开文胸的扣子，褪下来，像剥掉一层一层的壳。她双手交叉抱在胸前，转过身去。

“准备好了吗？”她没想到自己的语气竟然会有点俏皮。

“嗯。”

她把手放下来，胸前空空荡荡，有如面对无风大海。

陆扬的脸上闪过一丝惊异，“喂，你的胸很漂亮。”他站起来，在她面前蹲了下来，双手放在她的腰上，仰起他的脸，仔细地观察着。

宁远低下头，看着自己的身体，没有她想象中那种尖锐的难堪，裸露的乳头在空气里变硬了。她知道他在说她的右胸，有着和她瘦削身体不相匹配的丰满圆润，有淡粉色的乳晕，漂亮得不像亚洲人的乳房。

“很漂亮，有一种奇异的不对称的美，”他用漂亮的手指轻轻抚摸她的伤疤，十几公分那么长，粉红色，微微高出皮肤，略带弯曲，向右扬起，仿佛哪个小孩用笔在白纸上胡乱涂了一笔，“做过化疗了吗？”他问。

她轻轻点头。

“腋下淋巴清扫呢？”

她点头。

“伤口缝合得不错，没事，没事。”他低声呢喃着，手掌放在她的胸口上轻轻摩挲，右胸还是敏感的，他几乎跪着，把嘴唇也放了上来。她觉得身上热起来，一种久违的波动在身体深处荡漾起来。正如她想象的那样，他是一个对女人温柔的男人，他懂得平等的性，不是炫耀或者索取，更不是得意或者发泄，他会对需要他的人付出柔软的情感，甚至会放弃一些自我感受来让对方更舒服，那也绝不是同情或者怜悯，他把很容易就得到的关切和爱，也慷慨地付诸他人。宁远把手插进他蓬松的头发里，她弯腰贴在他耳边轻声说：“明天你一定会赶上登记的时间。”

“我想也是。”他脸上又露出那种迷人的笑。他站起来，俯下身体，把嘴巴凑近她的耳朵，用气声一个字一个字地对她说：“别担心，其实我更喜欢从后面来。”说完他们俩对视了一眼，几秒钟后一起大笑了起来，东倒西歪，索性抱着一起倒在了床上。被顺利地点燃了，她一边笑一边轻轻拍打着他的肩膀，做着不知是推开他还是拉近他的手势。他按住她的双手，继续吻着她的头发，眼睛，耳朵，脖子，胸口，他柔软的嘴唇和手指沿着她的伤疤攀爬。她知道他天生是个好手，他沉稳地呼吸着，慢慢地覆盖着她身体的每一个地方。她笑着，喘息着，眼泪不知不觉顺着脸颊流了下来。房间里的温度让一切寒冷无所遁形，她用尽全身的力气抱着他，他的身体结实而瘦削。她听到自己的胸腔深处发出风过山间般的沉吟，身体轻盈地，摇摇摆摆，在空中无所依托地飘荡，又朝着一个方向努力地坠落着。谢谢你。她闭上眼睛，那一刻有如濒死前的空白与飘然。可是死又是什么感觉呢，她有时候会梦到自己的右乳突然又出现疼痛的肿块，拿到了转移的复检报告，手一抓都是化疗掉下来的头发，手术刀冰凉地探进她的右乳，血慢慢渗了出来，染红了她身下厚厚的白雪。她在空中看到自己，全身赤裸地躺在雪地里，阴毛陷在深雪里像一面小小的黑色旗帜；她有了一个人工乳房，柔软，饱满，文了一圈粉红色的乳晕，粉红色有崭新的鲜艳和清晰的边缘，像新做的人造革皮鞋，又仿佛被上帝盖了一个粗糙的印章。她紧紧地抓住窗帘里漏进来的那道细细的白光。来吧。他身体的冲击更加地快了，她把脸埋在床单里，呜咽起来，所有的痛苦呼啸而来，尖利地穿过她的身体，过后却留下了山谷回音般的平静和自由。

后来他们觉得饿了，就在床上把那个女孩给他们的三明治分着吃了，然后继续做，做了睡，睡醒了又做。窗外的大雪也许停了，也许下得更大了。

在窗帘露出的那道缝隙里，雪夜在黑暗里熠熠闪光。他们的手机在床头偶尔闪动着一些信息，这是这个雪季的最后一个夜晚，灵魂和肉体在幽暗的天空里飘荡。宁远知道，他们再也不会相遇。

拉萨的冬天。

——2010年，北京东四环慈云寺桥。

——————————2013年，纽约时代广场跨年夜。

——————— 巴别塔。

——海边，流浪艺人的皮卡。

——————城市和它的谜语。

这一刻有如黄金，

当潮水再一次涌上小岛的时候，来时的那条小路将消失不见。

江河都往海里流，海却不满；江河从何处流，仍归还何处。
——《圣经·传道书1: 7》（和合本）

像灰烬

不　思

骆驼说想去趟曼谷的时候，没有人知道一个星期后骆驼会死在那里。那天晚上曼谷市中心的四面佛发生了一场突如其来的爆炸案。骆驼刚好在那里，可能是路过，可能是去拜佛，可能是在等人。总之，那一分钟那一秒他刚好就在那里。

这件事发生的第二天，我和大路，还有于珊和她男朋友高岩，约在使馆区的一家日本料理店里吃饭。那里的海胆饭和天妇罗非常有名，餐厅布置得也很优雅，到处挂着东洲斋写乐的复制品。和往常一样，餐厅是大路定的，他写过美食专栏，和我相反，他是一个对吃非常挑剔的人，在吃什么这个问题上，他有着平时少有的坚决果断和权威。我们坐在靠窗的桌子边，把手机打到了静音。餐厅外面的小花园在阳光的照耀下一派生机，参差的绿荫和红色的太阳花仿佛精细手绘的舞台布景。于珊和高岩坐在我对面，他们在一起已经一年了。大路，我丈夫，一个在写抗日剧的电视剧编剧，坐在我的身边。大路已经点好了菜，我们在等待服务生端上冰镇的清酒。这是周六的中午，透过落地玻璃窗我看见马路上姑娘们的短裙下面晃着大长腿，白色的保时捷跑车呼啸着消失在街道拐角。我妈和我说台风来了，南方一直在下雨。但此刻我们却在谈论着骆驼的死亡。

“我给王宇佳打电话帮同事咨询一下孩子生病的事，好死不死我忘了手机前一天摔坏了还没去修，听筒的音量忽大忽小，电话一接通我就听她声儿特别小特别低沉地说骆驼什么什么，我听不清，就傻不拉叽地问你说什么，她就大声地重复了一遍，我隐约感觉到情况有点不妙，但踮着脚尖听也还是听不清啊……我啊啊啊了好几次，宇佳在电话那头扯着嗓子又说了三四遍吧，最后我才听清楚她说——骆驼出事了，死了。我当时就傻了。你们说我是不是傻逼……”于珊说着，眼眶和鼻尖开始有点泛红。她伸手从桌上的纸巾盒里扯出一张纸巾，在手里团成一团，紧紧攥着。“后来我们在微信上说了一会儿，她说她正准备去泰国处理后事，大使馆打电话给她了，说骆驼身上护照钱包都在，对着照片基本确认了，还让她做好思想准备，爆炸现场很惨。她还说，这几天我们都先别联系她了，她想一个人待着。”说完于珊的眼泪就顺着脸颊滚落了下来，栗色的头发在日光下微微颤抖。

昨天于珊在电话里告诉我这件事之后，挂了电话我马上上网搜这起爆炸事件的新闻。现场的照片一片狼藉，被炸裂的各种建筑物碎片，满地的鲜血，仿佛刚刚经历过一场战争。一共有22名死者，有两个倒霉的中国人，我没办法相信其中一个就是我认识的人，我的朋友骆驼，脑袋一直嗡嗡作响。震惊之后，我感到了一种从来没有过的愤怒，这个世界为什么他妈的这么不靠谱。为什么这么好的人只是坐了四小时的飞机就消失了，他只有三十岁，而我现在每说一遍他的名字就觉得时间会凝固下来。我转过头去看着大路，他和骆驼很熟，有阵子他们常常联网下棋。此刻他看着窗外，眼镜片上反射着模糊的光，脖子侧面有几道深深的颈纹，我不知道他在想什么。昨天知道骆驼的事之后，我们俩坐在沙发上发呆，直到屋子里完全暗下来也没有说什么，我们都没吃晚饭，进了各自的房间，关上门。我在电脑上又看了一遍《海街日记》，睡前大路来敲门说晚安，我提醒他别忘了一早去社区中心补办社保卡。此刻看着于珊在对面伤心地哭泣，我突然恍惚起来，我想如果有一天大路也像骆驼一样突然离开了，然后我呢，是绝望到无语，还是一遍又一遍地向别人哭诉——张大路这个人不存在了，他的名字变成了灰色，他所有对应的号码账号都没有了任何意义。这怎么可能呢。这绝不可能。

高岩轻轻握住了于珊的手。于珊穿着黑色的T恤，头上绑着一条绿色波点的丝绸发带，她抬起头眨着湿润的眼睛望着我，睫毛和嘴角都变得毛茸茸的，黑色的眼线因为眼泪晕开了一点，脸上总有的凌厉也化开了。很明显，我们都很难过，可是不知道为什么又想克制这种情绪。成年人的伤心总是要偷偷收起来的，就像鸟的翅膀要紧紧贴在身体两侧才能在陆地上行走。

“于珊，我们无能为力，只能接受，这样的事只能用命运两个字来解释。”我觉得自己的声音无比干涩，和于珊相比，也许我是个更冷硬的人，更善于屏蔽坏消息、给自己制造心理安全区的人。

于珊大学的时候曾经喜欢过骆驼。他是我们大学同系的师哥，比我们高一届，本名叫骆廖平。他母亲是哈萨克族，年轻的时候是个舞蹈演员，所以他头发和瞳仁的颜色都比我们浅一些，脸部五官也更立体一些，看起来有一些异域风情，算得上是个帅气的男人。因为他身材高壮，眼神柔和，脾气又好，嘴唇厚厚的，笑起来像一匹来自西域的骆驼，也不知道从什么时候开始大家都叫他骆驼了，他似乎也很认可这个外号，渐渐抽烟也只抽那个骆驼牌的香烟。

和我总是对男人的头脑更感兴趣一样，那些年于珊总是喜欢长得好看又寡言少语的男人；那时我们还不知道，未来我们俩都会为自己这种对男人固执而单一的审美想象而各自付出沉痛的代价。大三那年于珊认识了骆驼，像她常干的那样，她开始主动追他，但骆驼总躲着她，最后不知道怎么俩人就成了哥们儿，所以后来我们常常三个人在一起吃喝晃荡聊八卦。骆驼一直没有女朋友，独来独往，在图书馆和食堂排队被插队了也从不吭声。我有时忍不住刻薄他“人畜无害”，不如说是嘲笑他的懦弱，他也笑笑从不反驳我。有时我和他会讨论最近看过的电影和小说，这方面倒是趣味相投。大学毕业以后骆驼考了商务系统的公务员，从此酷爱在电脑上下围棋和读国家地理的书，有时通宵搓麻将，抽很多烟，越来越像一匹在荒漠中踽踽独行的骆驼。我和于珊则分别杀入广告界、时尚杂志做文案和编辑，吃风喝土，涕泪横流，周身藏刀。我们的生活圈子渐行渐远。七八年之后，渐渐地，我和骆驼也只是偶尔联系一下，或者每年于珊生日的时候，大家在一起吃吃饭，唱唱歌，叙叙旧。骆驼是个好像怎么样都可以的人，因为他过于“随和”，所以我其实并不太了解他。我们三个人之间的平衡在于于珊，如果于珊不在，我和骆驼会很容易陷入冷场，相对无言。他是那种在自己的世界里活得自得其乐的人，我虽然嘲笑他，但也常会羡慕他的自在和与世无争。

高岩拿着烟和打火机站了起来，“我出去抽根烟。”他轻轻拍了下于珊的肩膀，绕过她的椅子走了出去。

“我也去。”大路跟在他的后面。我看着他的背影，他平时并不抽烟。

服务生给我们端来了冰凉的清酒，盛在一个蓝色透明的圆形酒器里，还有精致的生鱼片拼盘，肥糯的海胆饭，被粉色透明鱼子覆盖的寿司。远处传来窗外悬挂的风铃声，是破碎而又动听的声音。我给于珊和自己在小小的白色骨瓷杯里倒满清酒，两人碰了一下，一口喝完。

“最后一次见骆驼，是四个月前在望京那边吃饭那次吧？”杯酒落肚，于珊平静了一些。

“对，庆祝你升副主编那次。”我说。

于珊握着杯子，在手心里慢慢转着。“你有没有觉得，那次他和宇佳看起来有点怪怪的——说不清，两个人好像基本没什么交流。”

“没有吧——”我努力回忆着最后一次见到骆驼的情景，“那次他们不是说打算要孩子吗？再说骆驼不是一直都不爱说话吗？以前两人在一块儿也都是宇佳在说。”

像渐渐往中年走的那些男人们一样，每次隔一段时间见到骆驼，他就变大变肿了一圈，脸上立体的五官也变得越来越平坦，但那次见面他似乎突然变得有了神采，人也瘦了一点。和我一样，他和王宇佳也是三年前结的婚。王宇佳是儿科大夫，很活泼，素面朝天，头发剪得很短，背一双肩包，穿匡威的运动鞋，爱给我们讲医院里各种有趣的事，我喜欢她的欢脱甚至胜过沉默单调的骆驼。吃饭的时候王宇佳说他们准备要孩子了，让骆驼戒烟，骆驼没吭声，但马上捏着烟出去抽了一会儿，回来的时候身上仿佛落满了烧焦的荒草。

现在想起来仿佛空气里都是他那满身的烟草味。

于珊叹了一口气，身体向椅背上靠过去。

我看着她，知道她有话要说。

“宇佳说，她根本不知道骆驼去了泰国。骆驼和她说是去昆明开几天会，还给她发了昆明的风景照，所以她一开始接到大使馆电话的时候还以为对方是骗子。她到现在整个人都还是懵的。”于珊说。

“啊。”我愕然。

于珊皱着眉头：“他想干吗？”

“他是一个人去的曼谷吗？还是和别人一起？”我不由往那方面想。

于珊摇头。“不知道，大使馆没说。”她直直地看着我，“虽然不该这么想，可是为什么我感觉也好像被他骗了，或者说，是对他感到失望和生气。如果他不撒这个谎，不去什么曼谷，他就不会遇到爆炸，他就还好好地活着。”

“也许他就是想一个人出去走走呢？他最近和你说过什么吗？”

于珊回忆着，摇了摇头。“算了算了，为骆驼。”她又一次举起了酒杯。

我感慨着：“骆驼这个人啊，好像从来都不活在这个世界体系之内，我简直怀疑我是否真的认识他。”

冰凉的清酒在喉咙里隐隐发热，空调的通风口在嗡嗡作响。曼谷车水马龙的拉差帕颂街头，宽街陋巷，丰盛的植物，湿热的空气，马群般的摩托车在街边急速地驶过，带着它们巨大的轰鸣声，这让我觉得曼谷更像一个年轻版本的上海。在最繁华的商业区，那尊金色的四面佛紧紧傍依着周围的高楼和通向轻轨的人行天桥，桥上那些匆匆脚步，去上班和购物的人，低头俯视着佛像和来索求的香客们。在曼谷闷热的七月里，我像其他人一样，花五十铢买了一套蜡烛和花环，滚烫的蜡烛油不小心滴在手上，我跟着人群，围着佛像虔诚地跪拜了一圈，把诸多心愿放在这套神秘的祈求和巫术般的仪式里。

我问于珊：“爆炸的那个四面佛一直传说是最灵的，你还记得吗？13年我和罗老师分手最低落的时候也专门去泰国拜过。”

“记得，所以后来你认识了大路？”

“嗯。”我点头。

于珊若有所思地望着我。

“怎么了？”我疑惑地摸摸自己的脸，以为上面有什么脏东西。

“最近你们那方面怎么样？”

“嗯，分床睡了，各睡各的床，像朋友一样，特别革命友谊的朋友。”我苦笑着说。

“你们吃吃不到一块儿，睡也睡不到一块儿，那怎么行。”于珊瞪大了眼睛，那股子凌厉又回到了她的脸上，我终于用自己的八卦把她从骆驼的世界里拽了出来。

“可是谁也离不开谁，你也看见了，出门手拉手，出差了每天都要打电话，生个病对方比谁都着急，他的手机邮箱银行卡密码我都有，但我从来都不看。”

“可是——”

我打断了她：“可是我和大路之间很平衡，我们互相给予对方空间，如果哪天这个平衡被破坏了，我们也不会勉强对方，就各自做自己想做的事去吧。爱和婚姻的形式有很多种，但是最重要的是平衡，不是吗？我想明白了，每个人都有背过身去的另一面，要和一个本来和你没一丁点儿关系的人相处一辈子，你不遮点儿掩点儿怎么过得去？再说了，不是所有人来到这世界，进入婚姻都是为了享乐或者繁殖。肉体和灵魂，本来就有分裂对立的一面，不然人类就不会那么痛苦了，哪有那么多灵肉合一，我接受这个分裂还不行嘛。”我一口气说完，不知道是说给于珊还是自己听。

于珊咧了咧嘴又说不出什么，表情像是在牙疼。

抽完烟的高岩和大路穿过大厅向我们走来，我和于珊默契地收住了话题。高岩和大路个子都在一米八左右，但他们俩的身形就是典型的海归和土著的区别。高岩身姿挺拔，顾盼生风，梳着复古的大背头，一丝不乱，合身的白衬衣下面隐约透出结实的胸肌。他在美国生活了好几年，听于珊说哪怕再忙也每周至少去三次健身房，跑三十公里以上。大路呢，远远就看见他的光头油亮，黑色的圆框眼镜，穿着我给他买的灰色T恤和卡其色短裤，驼着背，肚子凸了出来，一副焉了吧唧四肢耷拉的样子。可是这么多年他就像是我身体的一部分，比如我不完美的胸，平坦，左右不对称，但我从来没有想要去整形隆胸。我还屁股平，腿粗，有慢性咽炎，说话刻薄，脾气暴躁，除了五官尚可，智商中上，工作体面，最多也就是个伍迪·艾伦电影里神经兮兮的女配角，又有什么资格要求对方完美得像浪漫爱情电影里的男主角呢。

至于于珊和高岩，说起来简直令人难以置信，他们俩是一年前在一个婚恋网站上认识的。那个网站时不时就会冒出一宗骗婚骗财的新闻，所以当于珊告诉我她在那个网站加入了会员的时候，我大喊，你至于吗。我至于。于珊冷静地，一脸破釜沉舟地说，我再也不想凭感觉去要死要活喜欢一个人了，我想结婚，尽快。这是最便捷的方式，这种配对能让我这样的人避免陷入不理性的感情，我受够了那种自以为是的、自私的所谓恋爱，而且我再也不想找比我穷的人了。当时她刚以极其惨烈的方式和在一起三年的男友分了手，那男人是个吹蓝调口琴的——鬼知道那是什么——三年几乎都是于珊养的他。分手的时候他打了她，还在色情网站上挂了于珊的电话号码，导致她接到无数要求约炮和买春的电话，用她的话说，让人大开眼界。

用她的话说，更让人大开眼界的还有网站给她安排的那些相亲。网站会根据她的要求和条件帮她在年费十几万的高级会员里物色合适的男人，然后她就开始了和各种有钱人相亲的历程。她见过比她大二十岁的、丧妻的鳏夫，一个人住在郊区的大别墅里，养了三条大狗，但每天给自己的伙食费只有五十块钱，和她吃饭永远说自己没带钱包；她见过衣着打扮比她还精细时髦的富二代，家里有个巨大的堪比五星级套房的衣帽间，后来她发现他有一抽屉尺码不同的女性情趣内衣和奇形怪状的情趣玩具；甚至，在认识高岩的早期，她还同时和一个巨帅的美国陆军军官谈起了跨国网恋，那人天天在微信上给她发用词灼热的英文情诗。于珊把那些情诗转给我看，我们半信半疑，但又弱智又侥幸地想万一奇迹万一浪漫爱情电影了呢。就在那个美国军官说下个月要到中国来看她的时候，于珊发现了那些英文情书和帅气照片全都是从网上拷贝来的，她气愤地在微信里质问他为什么要骗人，那个“美国军官”马上老实交代自己是非洲人，在刚果，20岁，弄这个就是想骗一点钱，能骗一点是一点。Sorry，刚果人最后在微信上对她说。于是之后于珊果断和高岩开始交往，这个学历、职业、外形、经济状况，都没什么可挑的男人，优秀到我甚至都有点儿妒忌于珊，完美到于珊有时候会感觉有点儿自卑。

“好点了吗？”高岩走过来，看看我又看看于珊，拉开椅子坐下。他握着于珊的右手，轻轻放在了自己的腿上，于珊的眼睛里马上褪去了刚才那种愁云惨雾，瞬间明亮了起来。大路呢，一坐下就埋头看自己的手机，还抖腿，该死的大路。我只好夹了一块天妇罗，低头咔哧咔哧咬着，但我很快就安慰自己说，和我们的朋友骆驼王宇佳夫妇相比，这点恩爱和抱怨又算什么呢，一个人的生命甚至随时会消失。

我们一起喝了几杯，比平日更快地一饮而尽，身体像鸟支起翅膀般舒展起来，话题渐渐转到了大家最近各自在忙的杂事和工作上。高岩的酒量很差，脸变得绯红，我喝得也比往常多一点，酒意像整个人被浸泡在温热的水里。于珊就一直在说话，她升到杂志副主编之后一直面临能力的瓶颈和人事的挤压，杂志也不景气，她很焦虑。有酒精过敏症、从不喝酒的大路，一个人喝着滚烫的大麦茶，唏一口哈一口，额头上渐渐泌出了一层汗珠。微醺的高岩一直在主动地给大家斟酒倒茶，然后用双手递给我们，我们相互说了很多次谢谢。聚会最初的悲伤氛围依然淡淡围绕着我们，但吃到鲜柔的鲸鱼肉和金黄酥脆的天妇罗炸虾，我们还是享受地眯起了眼睛，赞叹着美味带来的满足。在感官唤起的现世愉悦里，骆驼带来的悲伤悄悄退隐了一些，似乎他就这样变成了一个平面符号，被压缩进我们共同的记忆里，作为一个我们相互见证过青春的朋友，被刻进时间里，装裱起来，悬挂起来，永远就在那里。

高岩皱着眉看了一会儿手机，突然问于珊："记得你说骆驼的母亲是哈萨克族，那他是穆斯林？"

于珊点头。

我补充道："我就是因为他，才知道斋月是怎么回事。"

"刚才我看到泰国爆炸案最新的新闻，说嫌疑犯是中亚人，是那种极端宗教恐怖主义组织干的。"高岩把手机递给于珊。

我们在鱼片、海胆和牡蛎的上方传递着他的手机，三个人默默地轮流浏览着那条新闻。"我很喜欢曼谷，自由得像天堂，一直觉得那是上帝给人类的禁忌和肉欲开辟的一片乐土。"我把手机还给高岩，手心里有冷冷的汗。

高岩摇头：“可是世上并无乐土。”

“那个，骆驼，前几天找我借过钱。”一直没说话的大路突然说。

我瞪大眼睛看着他，被嘴里咬了一口的炸虾差点扎破嘴角。不用说，于珊和高岩也一脸惊诧。

大路把头转向窗外，两只手扶着桌子的边缘，身体微微向前靠过来，看起来像下了很大的决心。他把头转回来看了我一眼，说：“骆驼和我说他想离婚。他想给宇佳一笔钱做补偿，但还差点儿，宇佳还不知道他想离婚这件事。我问他是不是想好了，他说想了很久了，想换一个活法。我说行，想好就行。钱我现在手头没有，都交给组织了。下个月月初有笔剧本费进来，大概有五十万，一到账我就转给他。”大路看看我，又补了一句，“他让我谁都别告诉，包括你和于珊。”

我和于珊几乎同时问道：“他为什么想离婚？”

“因为，他说自己是同性恋。”

我看了一眼于珊，于珊也看了我一眼。她的脸色煞白。我把视线移开了。这样的话，那么，很多事就明白了。没有人说话，似乎我们并不认识那个叫骆廖平外号叫骆驼的人，关于他的一切信息和记忆都应该被编入另一套程序中。但其实也并没什么可意外的，我们难道对此从来都毫无知觉吗。

“不要告诉王宇佳。”于珊终于打破了沉默。

“为什么不告诉？”高岩说，“她有权利知道一切，她应该知道自己的丈夫——”

“也许她知道呢？”我打断他。

“就是知道了也不会愿意相信的，女人都这样。”于珊轻声说。

“我不明白，同性恋很丢人吗？”高岩反驳。

“你能闭嘴吗，美国人。”于珊愤怒了起来，突然提高的音量让附近的两桌人往我们这儿张望着，她马上压低了声音，“同性恋不丢人，可是他，似乎变成了另一个人，和我们没关系的一个人。他是Gay，他挣扎，可是为什么他不告诉我，我们是好朋友啊。”于珊激动得手轻轻颤抖，“而且对于王宇佳，不管怎么样，骆驼他都太残酷了……如果他还活着，我一定会大骂他一顿，这个王八蛋。”于珊咬着嘴唇，说着又轻轻啜泣起来。

没法评判这一切，但骆驼鼓起勇气决定要离婚的那一刻，一定是觉得解脱的。我看着流泪的于珊，却并不想做什么说什么，生活有很多无解的难题，这并不是第一道。

“唉——”大路叹了一口气。

高岩给自己倒了一杯酒，问大路：“《爱比死更冷》，是有这么一部电影吧？”

大路点点头。

于珊一边擦着眼泪，一边瞪着高岩：“高岩，你听着，我不希望知道你所有的事。那些让我们不愉快的，请别告诉我，我宁愿不知道。”

“好吧。”高岩挑了挑眉，朝我和大路自嘲地笑了笑。他又给自己倒了一杯酒，仰头喝完。沉默了一会儿，他说：“可是我还是想给你们讲个故事，关于我的。你们知道我是东北小城市出来的，我爸妈下岗后在大街上卖包子，就在我和弟弟上的中学的对面卖，因为那里学生多，生意好一点。那几年我吃了大概有上千个包子吧。”他笑着说，“我刚到美国的时候，很穷。奖学金很少，我还要给家里和弟弟寄钱。我下了课就去超市打工，搬箱子，吃超市到期的食物，周末去中餐馆洗盘子，每天都累得和狗一样。那时候我有一个女朋友，台湾人，她家里是中产，比我情况要好。我们住在一起，感情很好，她是我那段贫瘠生活里最大的安慰，我甚至想过要和她结婚。然后有一天，她发现她钱包里少了两百美元，她问我，是不是我拿的。我说不是我。然后我们就分手了。”

他停下来，看着我们。一片寂静，于珊停止了啜泣，死死地盯着他看。“后来我发誓要变得有钱。毕业后我去了一家金融公司，从此飞黄腾达。我买了一辆奔驰敞篷跑车，新的，不是二手的，我从洛杉矶开到旧金山，约她出来吃饭。我约在一家米其林法国餐馆，她来了，精心打扮，但看得出来她还是一个穷学生，没找到工作，只好继续在一个三流大学读没有前途的博士。吃饭的时候我只叙旧，她以为我想重修旧好，吃完饭我请她上车兜风，我开着敞篷跑车沿海边往郊区一直开，然后我在车上问她，你还记得两百美元的事吗，她突然哭了。我就把车在公路边停下，说，你下车。她什么都没说，一边哭一边下了车。我没有回头，把车开走了。后来我们再没有联系，直到去年我听说她得了胃癌去世了。”

“对不起，今天我突然想起了她。”高岩扶着桌子，身体有点摇晃，酒精已经在他身上起了作用。他低下头的那一刻，我看到他的眼睛里有一种从未有过的脆弱和痛苦。那个彬彬有礼的、教养良好的、说话行事分寸得体的精英似乎从他身上瞬间抽离了出去，他的脸和脖子很红，看上去就像一只被抛弃的猴子——我在心里为自己这个糟糕的比喻感到抱歉。于珊有些不知所措地望着高岩，我想起她和我抱怨过，高岩不管什么时候都很有礼貌，但平时微信，常常俩人说得好好的，他会突然不打一声招呼就不再说话了，就像他招呼你走到门前，却啪的一下把门给关死了。

"你还恨她吗？"我替于珊问。

高岩笑了一下，说："你看，我们每个人都有别人看不到的另一面。我们的现在和过去的一切都是有联系有原因的，所以我成为我，你成为你，骆驼成为骆驼。人活着可不容易啊，像我们这样的，全部的努力，不过是想过上普通的、有尊严的生活。骆驼的尊严是什么，是做他自己；我呢，是不再被人瞧不起，是不会被自己的女朋友问你是不是偷了她的钱。是，现在我赚不少钱，但我几乎一直在出差，每个星期换酒店住，一天开五个会，工作十几个小时，我回家只是为了睡一觉，知道我什么时候最厌倦这种生活吗？是在一个个酒店里笨手笨脚熨第二天开会要穿的衬衣的时候。如果这个世界是一艘巨轮，我们这样的，只是一个个在船上擦甲板的人，偶尔才抬起头望一眼星空大海——人的一生，只有生和死是必然，除此以外一切都是偶然；财富是偶然，爱情是偶然，喜怒哀乐是偶然，像佛经里说的，偶然如露亦如电。"高岩说这些话的时候，双眼一直茫然地看着远处餐厅的尽头，此刻他收回了目光，在我们的脸上慢慢滑过，然后抱以歉意地笑着。

于珊的脸上没什么表情，她没说话，只是轻轻拍了拍高岩的腿，然后给他倒了一杯大麦茶，放到他的手里。大路轻轻晃着几乎空了的酒器，问我："再来一瓶吗？"像是自问自答，他举起酒器，向远处的服务生挥了挥手。我想按住他的手，又放弃了。

我们沉默着。生鱼片下面铺着的冰块已经渐渐开始融化。餐厅里在放一个男人唱的日本民谣，节奏简单而动听的木吉他声在我们之间来回摇摆。服务生拿着托盘慢慢向我们走了过来。窗外，树影摇曳，红色的太阳花依然绽放。夏天很快就会离去，在秋天干燥的空气里，会有北方皮肤碎屑的剥落和南方雨水降落的声音。

回家的路上，我在副驾驶座上蜷着身体，酒精令我昏昏欲睡。我闭着眼睛，空调的风吹在脸上，但我仍感觉到午后灼热的阳光在我的脸上一次又一次地掠过。大路从车后座拿起他一直放着的备用棉毯轻轻地盖在我的身上。

"大路。"我努力睁开眼睛，望向他。

"嗯？"他目视前方。

"没事。"我迷迷糊糊地说。

他转头看我。我又闭上了眼睛，感觉有一双手轻轻地托着我，把我托往黑沉沉的梦里，那里有一片荡漾的温泉水。我想起去年，我读完托宾的小说集之后发过一条朋友圈，我说那篇讲两个穆斯林同性恋的小说《街头》写得很好，改编成电影一定会拿电影节大奖，骆驼在评论里问小说集的书名是什么。我想起我在曼谷去过的一家脱衣舞男俱乐部，没有女厕所，那个眼睛明亮的中国男人走过来微笑着告诉我可以去后面的酒店，然后他带着俱乐部里那个笑容最阳光的舞男，一起走向了喧嚣的街巷和深夜的尽头。我看见他的脸渐渐叠着骆驼的脸，他们的眼睛笑容牙齿重合在一起，变成那个我认识的二十岁的骆驼，消瘦，英俊，头发微卷，皮肤上有可触碰的温度。我看见骆驼在落日黄昏的逆光里，坐在曼谷四面佛像边上的长凳上，他和他约了七点在那里碰面，一起去吃晚饭。傍晚温热的风拂过，他闻到了自己身上椰子沐浴露的香味。他拿出手机看了一下，已经七点零五分，他准备给他发个信息问他到哪儿了。他不知道下一秒钟炸弹就会爆炸。

天 使

真是失败啊。苏南呆呆望着地铁玻璃窗上自己晃动的影子，影子里的女人穿着淘宝上五十块钱买的裙子，特意抹的口红斑驳地糊在嘴巴上，黑眼圈像两条趴在眼眶下面的虫子，瘦得仿佛随时会被地铁通道里强劲的风吹得烟消云散。

从民政局出来，朱铭还想和她打个招呼，她没看他一眼就走了，揣着离婚证书去了趟超市，然后坐地铁回家，一路想起的桩桩事都让她心碎。结婚一年多，那个人头也不回地和一个女人走了；开了两年的奶茶店再也撑不下去，要还债要找工作，下个月交完房租卡里就只剩几百块钱；家里去年被地震震坏的房子还塌着一半，妈妈上个月骑电动车被撞伤了腿，现在每天打着石膏拄着拐杖卖米粉。从小城来北京，三年了，她在这个城市没什么朋友。他搬出去之后，她就开始整夜失眠，睡不着就起来喝便宜的白酒，一杯接一杯，直到晕晕乎乎倒下。在这个城市，她所拥有的不过是这一间租来的十几平方米的小屋子和里面的破烂家什，并且随时会失去。神啊，请帮帮我，让我的生活好起来一点吧，她在黑夜里睁大了眼睛望着天花板祈祷。她不是什么信徒，这个动作并不具备任何真正的信仰意义，她不知道应该敬上帝还是求菩萨，只好在内心里把他们统称为"神"。她只知道如果不努力期待和呼喊的话，这个城市有二千多万人，自己的声音甚至都无法传递出去。

地铁到站了，人群里一个小个子男人粗鲁地推了她一下。她丝毫没有感觉到，这个男人偷走了她身上唯一一件还值点钱的东西——手机。

苏南走出地铁站一段路，看见街对面的路口有一堆人在围观着什么，和她一样，匆匆路过的行人们也都伸着脖子往那儿张望。她穿过马路，把墨镜推到头顶上，阳光嗞一下撞得她恍了一下神——已经快傍晚了，热气还扎着脸。这条东六环边上的小路和平时一样，那么脏那么凑合那么五方杂处：路上的车带起飞扬的尘土，人行道边摞着污水和垃圾，花哨的按摩店和快餐店门口，喇叭对着大街放着喊麦节奏的劲曲，"克丽丝美容"里几个穿着粉色制服的服务员正扒着玻璃门看着那个倒在路边的人。

一个年轻男人躺在地上，像是晕过去了。他看起来非常瘦弱，闭着双眼，四肢微微抽搐；身上的白衬衣过于宽大，仿佛一只垂死挣扎的大白鸟。没有人敢靠近他，人们只是在围观。"要帮您叫救护车吗？""需要帮忙吗？"有人在人群里对男人大声喊，喊了几下，男人的眼睛慢慢、慢慢睁开了，没发出任何声音。他眯着眼睛，一动不动，大概在想搞清楚这是怎么回事，然后他努力地把自己一点点撑着坐起来。过了一会儿，让苏南和所有人吃惊的是，男人开始像一只猴子那样四肢着地地向马路对面爬过去。汽车并没有明显的减速，他像一条丧家之犬般躲避着车，也许是为了马路对面人行道下的树荫，也许只是为了逃离那个动物园般被围观的孤岛，而他根本连站起来的力气都没有——这是她看过的最凄楚的画面了。苏南忍不住在人群里大声喊着："有男的可以背他一下吗？"人群里的脸更加呆滞了。

她冲了出去，用手示意着马路两边的车辆放慢速度，然后弯腰扶住了那个男人的胳膊，男人吃惊地抬起头来看着她。她从来没被那样的眼睛注视过，闪闪发亮，混合了羞愧、感激和一言难尽，以至于她都心虚起来——不，她可不是什么热心肠的人，她只是害怕他在她眼前死掉，活得狼狈这件事太让一个成年人羞耻了，而此刻她对他的狼狈感同身受。

终于抵达彼岸。男人虚弱地靠在人行道的树下，她问他："你还好吗？"男人点头，这时四周开始有人围拢过来，他乞求地望着她说："我想喝水。"她说："我去买。"当苏南买来矿泉水和带糖的饮料时，她看到已经有人拿来水和一些葡萄放在男人身边，远处有警察正在向他们走来。不知道是谁在男人身边扔了一张一百块，她把水放在男人身后，用一块石头压住那张钱，然后站起来悄悄走了。这里已经不再需要她了。

站在家楼下，苏南发了一阵子呆，好像自己也不是全无用处，甚至还比别人多了点勇气。她觉得自己没刚才那么难过了。她想了想，把包里那把下午在超市买的，也许会用来割脉的美工刀拿了出来，重重地扔进了垃圾箱里。

第二天晚上。小区门口，苏南正低头在乱七八糟的背包里翻找着钥匙，旁边黑乎乎的树影里突然窜出来一个人。“苏小姐。”他轻声和她打招呼。

苏南愣了一下，不由往后退了退，打量着他。一个瘦高的年轻男人，方头方脑，长手长脚，一双细长吊梢眼，穿着一件宽大的白衬衣，有点驼背，脸上是腼腆近乎天真的笑容，不让人生厌，竟然有几分眼熟。

男人不好意思地指了指马路对面：“昨天我晕倒在那边。”

她想起来那个在街上爬行的人，吃惊他又出现在这里，更意外的是此刻他看起来体面周正，和昨天的狼狈不堪完全不能联系。“你没事了吧？”她关切地问。

“没事了，后来坐了一会儿就好了，还要谢谢您。”他微微欠了欠身。

“没什么，”她摆摆手，看他一眼，“哎，你怎么知道我姓苏？”

他笑得腼腆，露出雪白整齐的牙齿和粉红色的牙龈。

“我们认识吗？”她问。

他摇头。

她更疑惑了：“那你怎么知道？”

“我——”他眼神闪烁，似乎不太确定自己该如何解释。

对陌生人的善意像个漏气的气球般一点点瘪下来，而身体的疲惫感从她脚底渐渐漫开。今天依然是四处面试工作无望的一天，唇干舌燥，灰头土脸，苏南看了看自己的脚尖，管他怎么知道的呢，真是糟糕的一天。“我先走了，再见。”她抬起头有气无力地对他说。

“等下。”男人伸出手拦住了她，他比她高一个肩膀。

她瞪着他。

男人看看周围，把头向她凑过来。“唔，”他压低了声音说，“我是天使，我可以帮助您。”

“哈？”她以为自己累到昏头。

“我是一个天使，我可以帮助您，”他重复了一遍，表情又坚定又忐忑，“请您相信我。”

苏南哭笑不得，好人果然难做，还是现在已经需要这样传教了？此刻夜色温柔，暑热尽褪，晚风轻轻吹着她油腻的脸，她多想现在回家洗个热水澡，吃碗泡面看集美剧然后蒙头大睡啊。“对不起，我不信基督，谢谢。”她相信自己已经表现出足够的不耐烦，抬腿要走。

男人心平气和地站在她面前：“您叫苏南，二十七岁。您昨天离婚了，您在找工作，您喜欢——”

她目瞪口呆。

“你是谁？”

“我说了，我是天使，您可以叫我大伟。”

“神经病！”苏南像一头母狮般惊慌地愤怒起来，她绕过男人埋头就往小区里跑，头也不回直到冲进电梯，门缓缓合上。还好那个莫名其妙的男人没跟进来，她靠在墙上，气喘吁吁。暗沉的老电梯里有一股浓烈的尿骚味，她低头一看自己的一只脚正踩在一小摊不知是谁留下的可疑水迹里。靠，她骂了一句，突然悲从中来，觉得自己就像个笑话，是什么让你们觉得我这么愚蠢，会对我说这些鬼都不信的话。天使？如果这个世界上真的有天使，那可能是她自己吧，曾经被他爱过的自己——“你是我的天使，我会永远让你幸福。”——朱铭曾经对她说过的拙劣情话伴随着尿骚味一下下撞击着她的鼻腔和大脑，被愚弄的愤怒，被惊吓的神经，让她忍不住对着那摊尿在电梯里伤心地哭了起来。

电梯轰隆轰隆，发出沉闷而老旧的声响，通向她在十二楼的小房间，她的堡垒。有时候她会在窗户边看云看日出看这个城市没有边际的远方。一定是手机，苏南在抽泣中突然想起来她丢失的手机，她什么都写在手机里。对，一定是那个男人拿了她的手机，才知道那么多。

晚上苏南做了一个梦。下雪了，像大片大片撕碎的羽毛，落到地上又顷刻不见。她在山里，沿着一条清澈的小溪慢慢走，一只白鸟飞过来停在她的肩膀上，红色尖尖的嘴，细弱的爪子，通体雪白，她抚摸它温热的羽毛，它轻轻啄她的手指和耳廓。她眉毛嘴角肩膀渐渐落满了雪，而那只白鸟的翅膀越来越大，渐渐变成巨大的白色羽翼，遮住了她头顶的光。它朝她飞过来，翅膀拂向她的双眼，她伸出手想抓住什么。然后她醒过来，什么都没有发生，她在黑暗里怅然若失。

也许是这只梦里的白鸟给她带来了好运，她想破脑袋也想不到，今天的面试居然这么顺利。她本来不抱任何希望地走进这家在丽都的咖啡馆，男经理看了看她的简历，笑眯眯地聊了几句，甚至都没让她试做一下咖啡，就叫她下周来上班，而且薪水比她预期的还高了一点。那家店那么精致，她喜欢地上那些地中海风格的彩色瓷砖，墙上挂着碎贝壳拼起来的《圣经》故事画，镜子里叠着镜子，阳光绕着高高的琴叶榕打转。她如坠白鸟的梦中。过去的三个月里，她习惯了每次面试几乎都会被那些经理或者店长要求，能把刘海撩起来一下吗，然后他们用惋惜的眼神看着她，有的嘴里会发出啧啧的声音，他们说对不起，我们觉得您不太适合这份工作。她右边的额头上有块半只手掌那么大的深褐色胎记，大部分平日被她用厚厚的齐刘海挡住，可是眉毛下面到眼角那里还是会露出一小块，远看像被人揍了一拳，再厚的粉底和遮瑕膏也盖不住。小时候每当她为这块胎记苦恼的时候，妈妈就和她说，这是老天爷怕你万一走丢了，故意给你留下的标记，这样我们要找你就会说，喏，就是那个右边脸上有块胎记的很可爱的小姑娘，有没有看见啊。

想起妈妈，苏南觉得有了点底气。有了稳定的收入，就不至于交不上每个月两千多块的房租，以后还可以再去找份兼职，就可以慢慢把开奶茶店欠下的几万块钱一点一点还掉。一高兴，本来下决心要戒酒的她在小区边上的超市买了一瓶真露和一罐青岛啤酒，准备晚上喝她最喜欢的真露兑啤酒。刚抱着酒从超市出来——“苏小姐。”那个瘦长的影子又走了出来，静静地站在她面前。

苏南一下紧了紧怀里的酒瓶，脱口而出：“把手机还给我，不然我报警了！”不能让他看出来自己有点害怕，“快点！”她挺起胸。

男人一脸茫然，但很快他就恢复了平静，对她的激动视而不见，微笑里带着忍耐。“恭喜您找到新工作，”他瞥了一眼她手里的酒瓶说，“至于手机——您跟我去那边说几句话吧，您会明白的。”他指了指几米外一个没什么人走动的黑乎乎的小路拐角。

现在是晚上八点多，路边时不时有三两人走过。一对情侣正在角落里搂搂抱抱，两个学生模样的男孩在路边等出租车，几个房产中介在不远处抽烟，遛狗的老人看着他们的小狗撅腿撒尿转圈——苏南想万一她要呼救，周围的人应该都听得到。男人虽然古怪，但不像恶人，她觉得手机应该不是他偷的，也许是他捡的，小偷不至于自己找上门来。平日奶茶店咖啡店也常有奇怪的客人来，说些让人摸不着头脑的话，但大多不过是为了排解孤独寂寞，咬着吸管一定要留下齿印。而且，她后来想起来那个手机里除了日记，还有几张她穿着内衣的自拍照，万一传到网上她就可以去死了。

苏南咬着嘴唇，低头跟在男人身后往暗乎乎的小路拐角走去。

“差不多了吧。”她停下，对着男人喊道。

男人在树影里站定，背对着她，一言不发地把白衬衣撩了起来。按说这个动作十分突然并且滑稽，但毫无防备的她还没来得及反应，就惊异地看到男人露出的后背上有着一对灰白色的翅膀——一对活生生的羽毛翅膀，看起来和一只鸟一只鸡的翅膀并没有什么区别。翅膀不大，刚刚好包住他单薄的肩胛骨，尺寸和他的身高不太成比例，像发育不良似的，但幽暗的夜色下，那些灰白色的羽毛散发着只有真正的羽毛才有的温润光泽，层层叠叠，仿佛最细密的丝绣。翅膀轻轻抖动了一下，往两边慢慢打开，如同两朵浮云的分离。颤巍巍地，一根白色的羽毛慢慢飘下来，落到了苏南的脚边。

她被眼前这个诡异的、不可思议的画面完完全全吓到了。怀里的酒瓶直往下掉。

翅膀很快被收拢，男人放下衣服，背又立刻佝偻起来，而刚才短暂的奇异光芒已经消失，他又变回了那个古怪男人。“我没骗您，”他转过身看着她，“对不起，为了让您相信，我只能用这种方法。”

她盯着他的脸看了好几秒，他很平静，看不出有什么和别人的异样。“你变魔术的吧？还是演戏的？”她还没完全从惊吓中醒过来。

他眼里的光黯淡下去：“我以为您是有灵性的。”

灵性？见鬼了。她几乎赌起气来，不管翅膀什么的这一切到底是怎么回事，她现在只想把自己的手机拿回来。“好吧，天使，”她挑衅地说，“如果你是天使，你怎么会那个样子晕倒在路边？”

他脸红了。“我偷偷喝了堕落天使的酒，被惩罚了。醒过来的时候就躺在那儿，浑身疼，没力气，心里充满了惊奇和羞愧。”

“堕落天使？”她忍不住咳了起来，“那你是什么天使？”

“就是一般的守护天使，本来应该在天堂门口给每个来的人做登记来着。”

“看大门的？”她就是很想羞辱他。

“……对。”

“你翅膀怎么那么小？”

他脸更红了。“我还在实习，级别所限，以后会变大的。”

“你能飞一下证明自己吗？”

“现在不能，我还是戴罪之身。”

苏南舔了舔嘴唇，又想起一个问题：“天使不是外国或者基督教里才有的吗？”

他摇头。“我们是天使，也可以不是天使，我们的形象依据人们的想象和念力而来。宗教是你们人类的事情，你们用不同的语言定义了不同的教义，给了我们不同的名称。用《圣经》里的话说，那是你们建造的巴别塔；用佛经里的话说，是分别心。但是在那里，”他指了指天上，“其实我们只有一个定义——‘神’，他是万物之灵，是光的永恒所在，是‘道生一,一生二,二生三,三生万物’的那个‘道’。能和你对话的‘我’就是这个样子，‘我’以天使的形象出现。”

她觉得他完全是在胡说八道，她也不太听得懂他到底在说什么。他比那些咖啡馆里的单身男人可要疯多了，她没办法摆脱被愚弄的感觉。有翅膀就能说自己是天使了吗，鸡也有翅膀呢，何况那翅膀根本就是假的。尽管她每日祈祷，不确定是上帝还是菩萨更听得到她的声音，她也学别人抄过《心经》，捐过一点钱，去庙里给菩萨磕头，在池塘里给乌龟放生，但她清楚那不过是赶时髦或者一种滥情，她所期待的神迹肯定不是这样，内心深处她也从未相信过这些。对于生命，她除了自己的悲喜，什么都还没搞明白过。“你这么跟着我不放到底是为什么？”她的声音变得尖利起来。

“这么说吧，也可以说是我为您而来，来到这里。”

“为我？”她忍不住大笑了起来，她只想尽快离开这里，“如果你能把我的手机找到，我就相信你说的。”

男人想了想，认真地说：“可以，但我只能帮您一次，您想好了吗？”

苏南一下愣住了，她突然变得不是那么有把握。所谓正常人对不正常人的自负和优越在这个问题之下瞬间软弱起来，一旦予取予求，便患得患失。她的命呀，想要的可太多了：她当然想要很多很多钱；她想要一间开在三里屯的漂亮咖啡馆；她想要脸上的胎记消失掉变成大美女；她想要朱铭哭着回来求她她再一脚把他踢开；她想要父母不再辛苦摆摊卖米粉，一家人住在有花园的小楼里；她想要自己出生在北京上海一路北大哈佛学法律学金融；她还想要很多很多爱，很多很多自由，很多很多骄傲。如果真的有“神”可以满足她一个愿望，鬼才要找回一个破手机呢。可是，她那样失败渺小的人，不过是在一次次的摇摆和挣扎里，在一张晃晃荡荡的破渔网里，被命运一次又一次地筛选。她在心里对自己摇头说，怎么可能会有“神”来找你，那些不切实际的东西，还是这样古怪可笑的男人。你除了自己别无依靠。

男人伸手在右边裤子口袋里摸索着，掏出一张皱巴巴的小纸片，递给她，是一家如家连锁酒店的卡片。

“我住这里，您想好了，可以来这里找我。记得我叫大伟。”说完他转身走了。

头顶的树叶在夜风里沙沙作响，仿佛在应和这个奇怪的夜晚，下过雨的空气湿润而微凉，苏南的手臂上起了一层鸡皮疙瘩。她想张嘴对那个微微驼背的背影喊点什么，却竟然张不开嘴，只好把卡片揉成一团捏在手里生自己的气——手机呢。

一个星期后，苏南在家里翻箱倒柜，确定那张小卡片被自己弄丢了。也许在潜意识里，她也从来没想要保存过，当她试图回忆起卡片上那家如家酒店所在的路名时，她什么也想不起来。

好运气很快就用完了。昨天她在咖啡馆里又一次差点晕倒，手里一杯滚烫的拿铁差点泼在客人身上。经理没有责怪她，让她早点下班，还替她叫了去医院的出租车。她独自验了血。医生说，你怀孕了你不知道吗。

她一个人坐在客厅窗前的地上，和她在黯淡阳光里的影子。合租的人白天都在上班，屋子里很安静。她看见一些鸟在窗外成群地飞向远处灰色的天空，变成越来越小的一串省略号，它们都去哪儿了，回家了吗，飞走了还会飞回来吗。她想着她平淡到可以忽略不计的前半生，除了结婚，她没做过什么大的决定。她曾经以为她能想象得到的最好生活已经触手可及，可是破产了，生活那个盒子里装的东西一夜之间都哐哐破产了。有那么一会儿，她又想要一死了之，但她知道她不会去死。可是神啊，怎么才能活下去呢——她呆呆望着窗台外一只停下来啄食的麻雀，在心里呼喊着。她想起那天晚上树影下的那对灰白色翅膀，那个自称是天使的、叫大伟的男人，他说过他能帮助她，他似乎什么都知道。她相信吗？她相信他说他是天使他说的神是光吗？她相信那些肉眼看不见的东西吗？苏南陷入了一种错乱纷呈又绝望无助的想象里。也许他只是个无聊的求交配的男人，也许是一个妄想症患者，甚至也许是个会占卜的巫师。不管手机是不是他拿的，他究竟是什么样的人，她此刻竟然需要他的帮助，需要任何一个能帮助她的人的帮助；但在这个城市里，如今最了解她的人，竟然是他；她能求助的人，她能与之言说的人，竟然也只有他。而她却丢失了和他唯一的联系方式。

晚上下班，依旧坐最末一班地铁回家。苏南从空荡荡的站台出来，和以往一样，肮脏的小街边上，只有水果店里丰盛鲜艳的色彩和烤串店的烤肉味还在向路人招摇。过马路的时候，她突然吃惊地看到在街对面那片烤架的烟雾之后，自己想找的那个男人，“天使大伟”，居然正坐在烤串店门口的小桌子前，和一个胖胖的光头男人在吃东西。她瞪大了眼睛看了好一会儿，确定自己没有看错。跨过烤串店门口地上堆积的竹签、骨头、污水、餐巾纸，她大步走到那张桌子前，拖出桌子底下的塑料小马扎在他身边一屁股坐下。“你好……你在这儿啊。”她有点不好意思，嘟嘟囔囔地打着招呼。

“来啦。”男人和胖子都对她笑着点点头，他从桌上拿起一串腐竹递给她，“一起吃点儿吧。”几天没见，他看起来像个疲惫的上班族，白衬衣皱巴巴的，袖口那里已经有了一点油渍。苏南呆呆地捏着竹签，毫无胃口，面前的小桌上只放着一些烤熟的蔬菜和馒头片，但周围烤肉油脂飘散出来的气味让她的肠胃变得敏感起来，她忍着胃里的绞动，在想怎么开口说那件事。

“我先走了。”坐在边上的光头胖子站起来说。他和他相互致意。胖子对她挥挥手，泛着温柔的笑。没有人说再见，她甚至还没反应过来，他转过身，绕过隔壁一桌的喧哗，后背一耸一耸，鼓鼓囊囊，很快消失在昏黄路灯的后面。

“他为一个熬夜加班心脏骤停的中年男人而来，”男人把目光从胖子的背影移到苏南的身上，说，“那个男人有一对三岁的双胞胎女儿，他被送到医院急救室抢救，医务人员给他做了半小时心肺复苏之后宣布抢救无效，但他的妻子不肯放弃。后来医院又继续抢救了快一个小时，男人的心脏终于又重新跳动了——胖子他就在那里，”他的脸上掠过微笑又很快浮现出一丝沮丧，“不过现在他要回去了。”

“回去？”

“对。回上面。”他看了眼天空。

她诧异。“上面什么样？”

“不可言说，只有去了的人才知道。”

“那什么样的人才能去？”

他思考着，声音里带着歉意。“神会认出那些死后灵魂里有光的人，他们有着超越个体的理想和信念，愿意承担卑微、孤独、贫穷、一切，他们总是受尽世间大多数人的嘲弄……不过，上面也有点冷清，能去的人并不多。”

“那神呢，神到底什么样子？”她心思浮乱。

“你心里的样子。”

“我心里……”她头脑一片空白，“人死了以后真的有灵魂吗？”

“当然，不然春天如何再次降临。”

苏南低下头，看到油腻的小桌子边角里卡着长年累积下来的黑色污垢，有一瞬间她走了神在想该拿哪种清洁剂来把这些脏东西清理干净。当然，他和别人不太一样，但她觉得他们陷入了胡言乱语和无言以对交替的迷思之中，天气并不算热，但她在黑夜里脸红了，她是疯了吗？吃着烤串和人讨论如何上天堂？她不认识什么“灵魂里有光的人”，大多数人和她一样，肉体躯壳破败不堪，修修补补，只信眼前之物，以自我利益来判断事物对错。

“还加点儿什么吗？我们快关火了。”一个年轻伙计甩着两条文满了青红色图案的胳膊，走到他们身边，颇不耐烦地问。

“给我一瓶啤酒，冰的。”她豁出去了，嗓子里仿佛里有一个干裂的火塘。想喝酒。“你要吗？”她问他。

他犹豫了一下，摇着头："我不可以喝。"

等伙计走开，她咬着嘴唇，像两条绷紧的琴弦，对他说："你上回说的事……我想好了，不过这事可能有点——"

他望着她。

"我怀孕了，"她说话的声音越来越低，"但我不确定孩子是谁的。"

让我们来谈论这个堕落的身体吧。苏南看到男人那一刻眼睛里涌出的痛苦和悲悯，她躲在灯光的阴影里，垂下眼睛，假装什么都没看见。"你可能知道，一个多月前我终于同意离婚，我没有其他选择。那天我们最后做了一次，好像只有这样才能了结这段关系，但其实，其实这样也没什么意义。"她抬起头，茫然地看着远处，继续说，"我们从高中开始在一起九年，他做房屋中介，在北京状况稳定一点了才叫我过来。我很努力地想跟上他，但是我不懂为什么很快一切都变得不一样了，好像有什么东西把我们身上的一部分慢慢吃掉了……后来，第二天晚上……我在北京有个初中同学，他比我早几年来北京，开了个小超市，我们有时候会在微信里说几句话但从没见面。决定离婚的第二天晚上我去找他，我实在没办法一个人待着，我去了他的超市……后来，凌晨两点我自己一个人走了回来，走了两个小时，在路上就把他的微信和电话都删了。你看，我真是个矫情的人，并且，还很愚蠢，"她苦笑起来，"我记错了日子。"

文身伙计提着一瓶啤酒晃悠悠走了过来，他把两个玻璃杯扣在桌子上，然后打开啤酒，白色泡沫翻滚着，沿着细长的瓶颈不断涌出来，像堆叠的海浪被潮水推搡着。苏南给自己倒了满满一杯，一口喝下去那些海浪，喉咙里发出咕嘟咕嘟的声响，湿润的凉意渐渐渗透进了那口干涸的火塘。她想起那天晚上的小超市里，他拉下了卷闸门，空调关了，屋子里很闷热。在灯箱招牌透进来的一点点光亮里，他从后面抱着她，手里紧紧握着她的乳房，她把手撑在一个放满了薯片和话梅的货架上，货架越来越剧烈地晃动，薯片一袋一袋落到了地上。她沉默着，他的喘息声和汗滴落在她的脖子上，顺着她的胳膊滑下来。她能感觉到的，还有自己的眼泪，从脸上悄无声息地落在了地上。

“我太爱哭了，真是没用，”她一边给自己倒酒，一边又哭了起来，“你不是说能帮我吗？你告诉我吧。”

他沉默了一会儿，说：“您希望是谁的？”他用似乎能决定什么的眼神看着她。

她用握过冰啤酒瓶的手捂住了自己的脸，温热的泪水从指缝里涌出来，淹没了她手心里一粒粒冰凉的水珠。

“凡使我们忘忧的，必将令我们烦恼。”他的声音里第一次有了忧伤的意味，“真想和您一起喝一杯，但是我不能，不然我就永远都回不去了。”

她大声地抽泣着，抽出一张又一张餐巾纸。

“您是个好人，但好人并不意味着她永远必须去做正确的事，以及道德上——”他偏着头，带着点遗憾的口气，但终于找到一个合适的词语，“没有瑕疵。”

她哭着使劲摇头。

“对不起，我必须要说明的是——您告诉我这件事只是因为您需要对一个人诉说这件事，而且您知道，我一定会忠诚地倾听您。事实上，您已经想好了怎么解决这件事，是不是？即使我告诉您其中一个人是孩子的父亲，您也依然会按照您的决定去做，是不是？”

她的眼睛里噙满泪水：“我没办法把他带大。”

“我得走了，这应该是您最后一次见到我。”他站起来，没有看她。“您知道吗，您是否相信我是天使这件事并不重要，即使您相信我，也并不是因为我能改变什么，而是因为事情本来就会改变。您要做的，就是相信这件事能够被改变，”他停了一下，自嘲地笑起来，“这听起来还真有点绕——苏小姐，我能给您的，以及神能赐予我们的，只有信念。”

烤串店门口的烟火和灯光渐渐暗了下来，快打烊了，食客们已经四散而去，下班的夜归人衣摆沾满了疲惫，一些黑色的小虫子在光的旋涡里狂舞。苏南一瞬间有点恍惚自己身处何处，四周仿佛渐渐消融在深蓝色的夜空之下，犹如身处一片荒原，远处有一束光在地平线上微微闪烁，仿佛被召唤着，越来越近——一辆汽车驶过他们的身边，她吸着鼻子，手里团着餐巾纸，平静下来。像那时他刚刚在马路上苏醒，发现自己躺在地上时的不知所措；像那时她跑过去扶住他，他抬起头望着她的那一眼，混合着羞愧，感激和难以言述；她坐在小凳子上仰头看着他，他站着，理了理衣服，还是那样腼腆地带着谦卑而天真的笑，向她微微欠身道：“我回去了，也许我们会在上面相见。”

他转身走了，像那个胖子那样，背上一耸一耸，鼓鼓囊囊，很快消失在路灯的后面。

她以为他会松开翅膀，从地面飞起来，她几乎已经相信了他。苏南轻轻颤抖起来，眼泪不停地往外涌，但她竟然并不觉得悲伤，也不觉得自己是在哭泣，那几乎是与神同在的时刻，她从来没有像现在这样感觉平静和温暖。仿佛是她身体里一些多余的东西，那些暧昧不清的现实，未知的前路，沉默的压力，不确定的自己，她使劲地要把那些东西挤压出来，内心仿佛变得轻盈起来，如同一条裸露的河床那样泥沙俱在，但全然坦白，上面铺满了坚硬而圆润的石头。她走了上去。

快到家的时候，苏南远远看见小区门口站着一个熟悉的身影，但并不太确定。她慢下脚步。他的脸清晰地显露在路灯光下面，她看清楚是他。

“我等你很久了，”他几乎同时看见她，慌慌张张地把抽了一半的烟扔到地上，用脚踩灭了烟头，隔着马路对她大声地喊道，“找到你可真不容易。”他朝她热烈地挥手。

深夜空荡荡的街道真安静，他的大声让她不好意思起来，一整条街都听得那么清楚。他穿过马路向她大步走来。她理了理头发，用手背拭去脸上还没干透的泪痕，站在那里，准备迎接他的拥抱。

也许一切都会好起来，也许并不会，但至少孩子会有一个父亲。她抬头看了看天空，平静的夜空，似乎什么都没有发生过。

吸烟有害健康

陈路看着老托尼推开电影资料馆的旋转大门，迎着寒风朝她大步走过来，她右手夹着烟朝托尼挥了挥，算和他打了个招呼。托尼还是穿着他那件脏兮兮的冲锋衣，一米八几的大个子佝偻着，稀疏的花白头发有气无力地搭在脑袋上。十米开外陈路都想得起来他那个一说话就颤颤巍巍直哆嗦的下巴，他吃饼干的时候，碎屑一定会像筛糠似的落在衣服上。

她吸了吸鼻子，把脸往围巾里面埋，左手把毛线帽子拉得更低了点，只露出一双大大的眼睛。太冷了，这是她来法国以后最冷的一个冬天。空气被冻得又干又硬，像一个解不出来的物理方程式。这里，12区，地铁6号线的终点，晚上八点，一条空旷宽阔的大道，除了落在地上的枯叶和疾驰而过的汽车，路上已经几乎没什么行人了。国家电影资料馆是一座八十年代现代风格的灰色水泥建筑物，外形被设计得有些奇怪，此刻门前的小广场上只有陈路一个人，她站在路灯下抽着烟。在这个寂静寒冷到透出荒野气息的冬夜里，广场边上一圈路灯本来暖黄色的光，此刻也泛出了微蓝的冷调。冷冽的空气让人清醒，呼吸变得清晰可见，感官里密密的绒毛全都生长了出来，陈路看着自己斜斜的影子发着呆，刚才只是在影影绰绰里走了几步，就疑惑自己像是在跳舞——有一种整个城市都属于她的幻觉。

但是，老托尼来了，搓着手，看起来兴致颇高。

“路，我在楼上看见你在这里抽烟。”托尼走到她面前说。

“上一场放得还好？”陈路看见自己嘴里呼出的白气喷涌而出。

“还行，是个瑞典的老片，反正也没什么人看。”

“对哦，你会瑞典语。”

“当然。”他咧嘴笑，浅蓝色的眼珠子在镜片后面闪了一下。

“托尼，我那场是八点半？”陈路刚看过手机，离她负责的下一场还有半小时，但她还是忍不住又和托尼确认了一遍。

“是的，你紧张吗？”

“不。”她使劲地摇头。

今天是陈路第二次来这边干活，电影资料馆在做一个中国戏曲电影周，放的都是五六十年代的老戏曲片，没有英文字幕，所以需要一个懂中文的人。一个认识的制片人问她有没有兴趣帮忙，她觉得挺有意思，刚好最近学校课不多，就来了。工作的内容并不复杂，就是在电影放映的时候，对着银幕上出现的中文字幕，在放映机房里的电脑上一行一行把法语字幕敲出来，然后字幕就会显示在银幕下面那条窄窄的电子显示屏上。

安东尼是放映部门的负责人，他是个可爱的意大利裔小老头儿，因为怕陈路是新手出岔子，就叫托尼这几天都陪着她协助工作。用中国话来说，托尼算是陈路的师父，他教她怎么操作系统，怎么避免出现手忙脚乱的局面，也提醒她字幕的错行或遗漏。那天陈路第一次去地下一层的胶片室，安东尼指了指远处一堆叠得高高的胶片盒对她说，那是托尼，他是比利时人，但在巴黎已经待了二十多年，他精通英语法语瑞典语德语，这几年一直在帮我做字幕翻译。于是她看到一个谢了顶露着粉红色头皮的脑袋从胶片盒后面探出来，他对她挥挥手，然后慢吞吞走过来握了个手，眼睛里带着谨慎的打量——陈路一眼就把托尼划拉到了“我不快乐”的人堆里。

昨天电影周第一天放的是1960年的绍剧片《孙悟空三打白骨精》，居然也有十几个法国人大冷天跑来看，陈路很是服气，在中国放都未必有这么多人。电影一开场，透过放映室的玻璃窗，她看见已经偏色的胶片影像里，孙悟空意气风发地扛着金箍棒，瞬间眼泪就下来了。她像是跟着孙悟空一起穿越过来，这里只有他们俩是互相懂的。

她的第一次放映很顺利，全程字幕完美匹配。电影放完之后，托尼对陈路说，那只猴子很有意思，你也很棒。一个电影博物馆奇妙之夜，在巴黎的银幕上看一部她在中国从未看过的老电影，仿佛应和了她的某种处境。陈路让托尼帮她拍几张工作照，她坐在电脑前面，手里握着鼠标，身后是一台巨大的胶片放映机，灰尘在放映机的光束里跳动，她围着一条黑白格子的围巾，弯着眼睛和嘴角微笑。托尼拍得很认真，仿佛被委以重任，不过呢，老实说，陈路并不太喜欢他；不是因为他第一眼看上去就窝窝囊囊的样子，也不是因为他的肩膀上总有一大片头皮屑，衣服的袖口已经脏得发黑，当然还有其他也许只有她自己知道的原因。

“你抽烟吗？”陈路从兜里掏出烟盒在托尼面前晃了晃，觉得自己像个男人。“是女士烟。”她补了一句。

托尼犹豫了几秒钟，“好，来一根。”他接过烟盒和打火机，掏出一根叼在嘴里。“我已经有十几年没抽烟了，”他像是遗憾着什么似的摇摇头，把目光停在了手里拿着的淡蓝色烟盒上，“这是哪国烟？”他问。

“韩国（La Corée）的。”

“朝鲜（La Corée du Nord）？！我还从来没抽过朝鲜烟呢，”托尼兴奋起来，看着陈路大声笑着说，“靠，这里面不会有大麻吧——”

陈路轻轻翻了翻眼睛，踮着脚在原地转了一圈，把一腔已经习惯了的无奈随烟一起吐了出来。和很多法国人一样，他们永远搞不清楚韩国和朝鲜是两个国家，中国和台湾又是什么关系，她也懒得和托尼解释，这可不是两三句话能说清楚的。就让他继续想象这支女士烟里包裹的罪恶和秘密吧，她想着007里的画面，躲在围巾里偷笑。

他们的烟暗哑地发着微弱的红光。这支纤细的女士香烟被又高又壮的托尼叼在嘴里，几乎可以忽略不计，看起来还真是有些滑稽。“嗯，还不赖。”他挥着手里的烟说着客气话，鼻子里喷出了两条细细的带着薄荷味的烟雾。

“托尼，你住哪儿？”陈路开始没话找话。

“11区，离这儿不远。和我儿子一起。”

“他多大了？”

“十五岁，上初中……不过我不常见到他。”

“嗯？”陈路有点吃惊。

他耸耸肩：“他要上学嘛——除了他没钱了问我要钱的时候，会给我留个纸条放桌上，平时我们很少会碰到。”

陈路有点吃惊，这显然超出了她理解的家庭关系，一下不知道该说什么。她把下巴从围巾里伸出来，认真地看着托尼。托尼身材魁梧，比她高很多，路灯在他头顶裸露的头皮上投下了一圈光环，他脸上没什么表情，眼睛茫然地看着前面，就像在谈论着别人家的儿子。一个瘦瘦的十五岁沉郁少年，运动衫的帽子罩在脑袋上，低着头穿过房间，从桌上拿起钱，重重地摔门而去。她知道老托尼挺缺钱的，翻译字幕的工作并不太稳定，昨天她听到托尼在小声地对安东尼抱怨，最近分给他的活太少了，安东尼的声音却大起来说，你一部电影翻译一个多礼拜还没完，人家最多三四天就好了，你说我交给谁干，还有你能不能少喝点酒。托尼就脸上讪讪的，搓着手，一副不知该把手脚往哪里放的样子。

就冲托尼那张因为酗酒过度而面泛潮红的脸，就知道他是个不太靠谱的人啊。

“路，你知道吗，我以前在法国瑞典文化中心当负责人，那时候挣得很多，”托尼好像听到了陈路心里的话，突然开始回忆起来，

“吃饭都不怎么需要花钱。”他嘿嘿笑起来，白皮肤更白，红鼻头更红，“不过，那都是十几年前的事了。”他仰起脸，吐出一口烟。

失业，酗酒，离婚，酗酒，中年，酗酒，大概这样，所谓的失败者。一阵寒风吹过来，陈路打了个寒战，把大衣和围巾紧了紧。她还年轻，她的未来尚且未知，还有很多空白需要她去填满，但很难。她的一生，她又会成为什么样的人。想到这里，她有些烦躁地跺了跺脚，仿佛抖落掉了一些灰尘。

一辆汽车在路边按了声响亮的喇叭，老托尼几乎同时打了个巨大的喷嚏，灯光下她看见他喷了自己一手的唾沫。陈路忍不住皱了下眉。他有点尴尬，一边抖抖索索在衣服兜里翻餐巾纸，一边转过头问她：“中国也这么冷吗？”

陈路想了想说：“中国很大，有的地方比巴黎还冷，有的地方永远像春天。”

“那你的城市呢——啊——谢谢。”看到托尼还没摸到餐巾纸，陈路把她的递了过去。

“虽然是在南方，但是也挺冷的，因为冬天没有暖气。”看到托尼露出一脸难以置信的表情，陈路赶紧补了一句，“但是我们都用空调。”

“我没去过中国，但我很喜欢*Shanghai Express*那部电影。”他一脸神往。

Shanghai Express？陈路记起来那是一部三十年代的好莱坞黑白片，《上海快车》，里面有玛琳·黛德丽、黄柳霜演的妖媚中国女人和白皮肤男人的爱情故事。那部电影一直笼罩在神秘和黑暗邪恶

的氛围里，充满了东方主义和男性意味，浓浓鸦片味道的臆想。“我喜欢《巴黎快车》。”她想抵抗一下，于是捏造了这部并不存在的电影，说着朝托尼做了个鬼脸。

托尼愣住了，他看着陈路，很快反应过来，于是拍着自己的大腿大声笑起来，下巴上的肉一颤一颤，声音冲破了五米之内的宁静。“Oh，巴黎！法国！”陈路也笑起来，法国人骄傲，看不上所有他们的邻居，德国人无趣，意大利人不靠谱，西班牙人懒，比利时么，土得要命。她曾在商店里听过一个收银的法国女人挑着眉毛问另一个买东西的法国女人：“你为什么要住在比利时？那里什么都没有。”

“路，你到法国多久了？”托尼的声音里透着还没有完全收住的笑意。

“三年了。”

“以后会留在这里还是回中国？”

她想了想，低头看自己的脚尖，“不知道啊。”

“听安东尼说，你在三大学电影？”

“对。”

“毕业以后想做什么？”

她摇头，“不知道。”她知道自己想拍电影，自己导演的电影，但是一切还很遥远。

“那你知道你新年回家吗？”他笑着说。

“回中国吗？”

“对。”

被托尼一问，陈路才想起这已是十二月中旬，等这个戏曲电影周结束，就是圣诞节和新年假期了，她要去日料店打工，算上周末的工资，一个月的房租就在了。“不回。你呢，回比利时吗？”她问他。

“不，我家人都不在比利时了。”托尼连连摇头，“我有个哥哥，他们一家住在瑞士，”说到这里他停了一下，“不过我们已经好多年没见面了。”

陈路又被他的话给噎了一下，她像鱼一样无声地张了张嘴。托尼并不需要安慰，可是她还是想表达点什么，她知道她常常被自己泛滥的同情心打动，于是她再一次掏出了烟盒，递过去一支光滑纤细宛若少女身材的ESSE，问他：“再来一支？”

“谢谢。”托尼欠身接过，用手摩挲着，若有所思。“路，你知道吗，”他笑眯眯地看着她说，“我妈妈的生日刚好是新年，一月一号。”

“啊，那多好，你可以只用买一份礼物了。”

托尼的声音变成一种嘟囔：“她已经去世五年了……”

陈路的笑僵在脸上，她感觉到一点紧张。托尼脸色也沉了下来，下巴微微地哆嗦着，上面还有些油腻的反光。他的右手夹着她的烟，细细的烟雾冉冉而起，他呆呆地看着它们的消散。她突然想象了一些关于他的场景。在这沉默之中，他们身处的小广场仿佛变成了一个空旷舞台，灰色的，只有一束追光，托尼从舞台尽头慢慢走过来，弓着背，搓着手，走到她面前。他的肩膀上反射着头皮屑的白光，他念着他的台词，面无表情，透着寒冷带来的气息起伏。他甚至忘了拿上他的酒，就在这十几分钟里平静地演完了他的一生。脚下的地面有微微的震颤，那是地铁正在黑暗中穿行。陈路抬头，暗色的夜空里依稀看得见一点云的影子，像鸽子翅膀上层层叠叠的灰色羽毛，她甚至都有点忘记自己还讨厌着托尼了。他们一起抽烟，漫无目的地聊天，像两个宇航员轻飘飘落在了火星上。两个异乡人，他告诉她某种孤独是怎么回事，而孤独和衰落又如何使人变得更加卑微。

“对不起啊。”陈路对他说。

托尼回过神来，朝她摇摇头，不好意思地笑了笑。他把烟扔到地上踩灭，看了看表说：“还有十五分钟，我们该上去准备了。今天放什么电影？”

“《碧玉簪》，一个关于爱情与阴谋的故事。”她想他是不会明白什么叫越剧的，索性省略了。

“听起来很有趣，”托尼转头看看她，“就像《奥赛罗》？”

“是吧。”陈路笑了。

一起往资料馆大门走，托尼突然问她：“路，你听过一个笑话吗，关于上帝和法国人的？”

她摇头。

他摇头晃脑讲起来：“上帝在创造法国的时候，把一切最好的东西都给了法国，后来他一想不行啊——不能太完美，于是他就创造了法国人。”

他一说完，两人就几乎同时大笑了起来，他们对视了一眼，对笑声里的意味默契地心领神会。托尼对笑话达到的效果十分满意，他步履轻快，神采洋溢，推开电影资料馆旋转大门的时候，陈路的笑声还带着余音。她走在托尼后面，他的背影厚实得像一堵高大的墙，完全遮挡住了她，热烘烘的暖气向他们炫耀般地袭来，她看见托尼后脑勺中间那块圆圆的粉红色头皮，突然想起自己不喜欢他的原因。法国人见面和告别时，互相行贴面礼，大家轻轻贴一贴左右脸颊，问个好；可是昨天和安东尼、托尼他们告别的时候，托尼真把他的嘴凑到她脸上了，他哆嗦的下巴，闪着油光的红鼻子，灰白色的稀疏胡子碴扎在她的脸上，像一张又一张的嘴。陈路想起来就恨不得马上冲着他的屁股来上一脚。

她想，如果今天他还那样，她一定饶不了他。

海边的夏多布里昂

陈绿记得是那一年春天刚刚开始的时候。天气还是很冷，她和小琪穿过灰蒙蒙的圣马洛古城，古城堡和石头小路在她们身后散发着潮湿幽暗的气息。她们坐在港口边的长椅上吃着自己做的三明治，云停在海面上，海面上停着船，一个英国水手走过来和她们攀谈，他说他在海上已经航行了三个多月。他猜她们从哪儿来，很难得，猜了五六个国家也没有猜对。她们吃完午餐，和他告别，在午后沿着退潮后才显露出来的堤道走上Grand Bé小岛。岛屿被海浪和礁石包围着，那时节大海的全部味道，一点一点袒露在她们面前。遗留着冬天痕迹的大海，潮湿的泥土，凌厉的石头，荒芜的植物，小岛的高处连接着远方灰白色的海面和天空，云层间透出一条细细的阳光。她们沿着山坡上的小路慢慢走着，不怎么说话，直到一座紧紧贴着海崖、面对大海的坟墓突然出现在她们眼前。坟墓上没有任何装饰和文字，只有一个高高的灰色石头十字架，朴素的、孤零零的、荒凉的，仿佛是一处幻景。

“太美了。”她们几乎同时说道。

“这是19世纪作家夏多布里昂的墓。他出生在圣马洛，写过一本自传叫《墓畔回忆录》。1848年死后他就葬在这里，已经一百多年了。”陈绿来之前看过圣马洛的旅行手册。

陈绿从来没有身处过这样的景象之中，仿佛走到了世界尽头：被呼啸的灰色大海包围着，不知去向的大风，海浪不停地拍打着墓碑下面尖利的黑色礁石，泛起白色的泡沫，像一只巨兽的舌头，一次又一次地舔舐。潮汐，日月，仿佛一个巨大的时间钟摆，沉睡于此的人，陪伴着每一天的星空和日出，拥有着一份超越生死的永恒。她们沉默地看着远方，被风吹乱的头发不停地掠过脸颊和眼睛，像远处海鸟舒展着飞翔的翅膀，飞向辽阔。她被这样自由的景象震撼了。辽阔是有意义的，如果说孤独和死亡有一个最好的注解，就是此刻，以后再也不会有这样一个美丽的时刻，这一刻有如黄金。当潮水再一次涌上小岛的时候，来时的那条小路将消失不见。时间在一点一点自我更新、切割。她知道，她们将会经历不同的相遇和分离，像这大海里的两滴水，再也无法真正重逢。

一

“您下去吗？”白手套女士在电梯里远远地问她。

“来了来了，”陈绿三步并作两步跑进电梯，笑着对白手套说，“谢谢，早上好。”白手套侧过身往后退了一点，面无表情地拉上电梯的栅栏门。哗啦啦。老破的电梯开始缓缓往下降，哐当哐当。缆绳依旧发出令人不安的摩擦声。吱呀吱呀。陈绿纳闷，太阳从西边出来了，搬来一个月，这个一直扑克牌嫌弃脸的女邻居今天居然主动和她讲话了。

老电梯狭小到俩人都得微微侧着身才能完全站下。陈绿用余光瞄过去，白手套站得笔直，金色的短发吹得蓬松有型，粉底和眼影下面有细密的皱纹。一如既往的高级呢大衣，同色系的高跟鞋和小肩包，只是看起来都像是二三十年前的款式。令陈绿意外的是，白手套今天居然没戴白手套，十根手指上鲜艳的大红色指甲格外醒目，在这灰暗的电梯里简直是在放光。

陈绿指着她的手说："这个颜色真好看。"

白手套的嘴角翘了翘，"谢谢，是 Yves Saint Laurent 的。"

两个陌生人之间不得不找点话说的时候，除了天气，想办法说些夸奖对方的话总是没错的，特别是对一个女人。陈绿对白手套印象深刻，刚搬来这里第二天的早晨，她从楼道里的公用厕所出来，看见一个身材瘦削打扮精致的中年女人款款走了过来，乍一看颇像瘦版的希拉里。她的高跟鞋，红嘴唇，剪裁得体的大衣，优雅的姿态和这个破旧昏暗的楼道格格不入，最打眼的，是她的手上完全不搭地戴着一副白色的棉手套。陈绿吃惊这里还有这等人物，微笑着准备向她问好；女人却目不斜视地从她面前走过，在经过厕所的一瞬，伸出白得刺眼的右手，砰的一声重重地拉上了刚才陈绿没关好的厕所门，然后头也不回地走了过去。陈绿讪讪地站在楼道里，觉得自己刚才粗鄙了。后来她在楼道里又遇到这个女人几次，每次她都是浑身上下打扮得一丝不苟，仿佛一个走到了贫民窟的富太太，只是手上还一直突兀地戴着那副古怪的白色手套。有时她们对视一眼，她冷淡地冲陈绿点点头，算打过了招呼。

一楼到了，电梯重重地在地面上顿了一下。白手套拉开栅栏门，走了出去。高跟鞋踩在水泥地上发出硬硬的撞击声，嵌着厚厚磨砂玻璃的铁门咔嗒一声在她们的身后合上。“再见。”“再见。”陈绿轻轻叹了口气。

说是大门，其实只是这幢大楼的一扇后门，狭小得只能容一个人通过。

寒假的时候，陈绿一个人从勒芒搬到了巴黎。高高，她在巴黎唯一认识的人帮她找了这间房子——位于16区保罗多麦尔大道一幢奥斯曼风格大楼顶层的十平方米的小房间，也就是俗称的佣人房。“你到法国才几个月，巴黎不比外省，你一个人住又刚到，所以一定要找个治安好的地方住。房间是不大，但是房租也不贵啊，你现在又不赚钱。”高高一副过来人的口气跟她讲。她只好点点头。来之前她看过地图，16区是巴黎的传统富人区，这里到处都是宽阔宁静的林荫大道，古老华丽的奥斯曼建筑，优雅漂亮的咖啡馆和行人；楼下有一间定制的高级男装店；经过那家有机食品超市和阿斯顿马丁跑车的展示厅，再走一会儿就能看到埃菲尔铁塔和夏约宫。但这些和陈绿住的地方并不属于一个世界——大门上暗金色的雕花扶手，铺着地毯的旋转楼梯，微笑的看门人——这幢大楼正门里的一切都和她没有半点关系。住在顶层佣人房的人进出走的是后面的小门，四面漏风的电梯从一楼直通楼顶，长长的楼道里终日昏暗，厕所是公用的，像中国七八十年代的筒子楼。陈绿的小房间在厕所斜对面，狭长的屋子里，有一张高低铺单人床，一个小到迷你的淋浴房，一个小衣柜，一块倚墙的小木板算是桌子，房间一角算是厨房——从来没想过这么小的房间竟然也能安置下一个人的几乎全部生活需求。晚上陈绿收拾好家当，瘫坐在地上，心想自己虽然是北方小城市工薪家庭长大的，但爸妈、乔力都当自己是宝贝；在勒芒租住的房间，房东也是体面干净的人，如今怎么就落到这个田地了。她决定等稳定一点，就想办法搬离这里。看着这局促的房间，陈绿甚至忍不住刻薄起来：住在这种地方的人，如果在古代，大概只配拥有死了草席一裹扔出去的命运吧。

她在索邦大学的法语班很快开学了，每天背一个红色的双肩书包坐地铁上学。下午有时下课很早，她看电影，看展览，学巴黎人躺在蓬皮杜广场的地上晒太阳，鸽子咕咕咕在她身边拉屎，远处响起送给街头艺人的掌声和欢笑。这座城市比她期待的给了她更多。马赛克般的文化拼贴，处处浮现关于美的细节，鄙视浮夸漫不经心的生活态度……有时陈绿也会觉得住在那里不是那么糟糕了，附近的战神广场是观赏铁塔和巴黎的最佳视点之一——铁塔、塞纳河、荣军院、凯旋门、卢浮宫和协和广场在城市的中轴线上依次向远方延伸，过去、现在和未来的连接如此清晰宏伟，让她没有机会对这个初到的城市产生一点点幻灭。她消失了，在这个庞大多元的城市里，她渐渐变成另一个叫Chen Lv的人，她是她的学生证，她的高低床，她的语言，她看到的美，她是她在期待之中的期待。

把自己一个人扔到一个完全陌生的地方是她的初衷。离过去更远一点，离爱的保护和被爱的疲惫更远一点。她在这里还一无所有，并因此未曾体会过多的失落，就像她给乔力写的邮件："一切都很好，不用担心我。只是除了每天一回到六楼的佣人房，寒酸、黯淡，打开灯永远有黑色的蟑螂在眼前惊惶爬过，就像到了零点的灰姑娘被打回原形。但即使是这样会让你觉得跌入社会底层的屋子，也还是会有让你感慨的时候——每天晚上，环绕着整座埃菲尔铁塔的灯光会经过很多曲折映在家里的落地窗户上，每到整点，铁塔上的灯光飞快闪烁，家里玻璃窗上的光影也跟着一起闪，像黑夜里飞过一片片闪光的鸽群。这是一座发着光的城市，我也会是其中一个闪烁的光点吧。"她写完了信，却一直没按发送键，最后还是把信存了草稿。草稿箱里已经有好几封这样的信。乔力的邮件不用看，她也知道他会写什么——"缺钱吗？缺钱告诉我，辛苦就回来吧。我很想你，回来吧，我们结婚吧。"陈绿一直不愿面对又无能为力的是，她是用乔力的钱出的国。他们是大学同学，在一起已经六年，她家境平平，他一直照顾她很多。乔力本想一毕业就结婚，但她一直拖着。直到她决定出国，他们说好她最多两年拿到平面设计的硕士学位就回国。她打算春天的时候申请那间法国最好的设计学校，学费很贵，对外国学生的录取率很低，她并没有太大的把握。她也没有把握是否能找到比乔力更爱她的人，又或者能令她不顾一切扔掉自己快枯死的爱情的那个人，她还不能也没有勇气和乔力说分手。

二

顶楼一共有十几间佣人房，但只有六七间住了人，楼道里平时总是幽暗而安静。陈绿遇到过他们：两个东南亚裔的中年女人，很和气，笑眯眯的，像是菲佣；一个白人老头，总是一身油漆工工作服；两个高大的年轻东欧姑娘，花枝招展，搞不清什么路数；当然，还有她——每天早晨七点多的时候，陈绿会隔着薄薄的门板先是听到楼道里一阵急急的高跟鞋脚步声，然后厕所门砰的一声被重重拉上，不用说，一定是那位白手套女士刚刚过去。令陈绿惊讶的是，早晨她在楼道里有时会听到隐约的歌剧音乐声。在这肠子般混沌的过道里，乐声就像文艺电影里悲怆画面的BGM，她疑惑地寻找这声音的来源，循着细细的音线走到了白手套的家门口。玛利亚·卡拉斯的女高音从薄薄的门板后面渗透出来，仿佛一曲没有出路的咏叹。陈绿站在门外静静地听着，直到音乐声突然停止，脚步声在门后响了起来，她才轻手轻脚地跑开。

和白手套电梯偶遇的第二天，陈绿的隔壁搬来了一个新房客。一个大块头白人中年男，肥硕的肚子，穿着一件脏兮兮的毛衣，说着口音很难听懂的法语。晚上他来敲门问她有没有烟，眼珠子看着她滴溜溜转，陈绿摇摇头赶紧关上门，男人嘟嘟囔囔很不甘心地走了，她感觉非常不安。今天早晨她一开门，吃惊地看见对面厕所的门敞着，这个男人坐在抽水马桶上，裤子堆在脚面，正像头黑熊般挑衅地盯着她，她吓得连忙关上门。

“嘭！”什么东西重重地撞在了她的门上，门板打着战，紧接着响起一阵男人女人激烈的吵闹声，把抱着浴巾正准备去洗澡的陈绿惊得浑身一哆嗦。她走过去小心翼翼地打开门，看到白手套，是的，白手套女士右手正高高举着一只黑色的高跟鞋，往隔壁那个男人身上劈头盖脑地砸。男人抱着脑袋蹲在地上，蜷成一团，脖子上已经被高跟鞋戳出了血印子。白手套光着脚，细瘦的胳膊上青筋凸现："混蛋，居然敢偷看！死变态！"她一边砸一边大声呵斥，高跟鞋在脑袋上发出骇人的拍打声，男人蜷缩得更紧了，嘴里发出动物般的呜咽声。"如果下次再被我看见，就等着警察让您直接滚回您的国家吧，听到了吗，这里是法国！"白手套大口喘着气，握着高跟鞋指着那男人，仿佛手里拿的是一把枪。

"听着，小女孩，"白手套沉着脸，转过头看着目瞪口呆的陈绿说，"第一，找个东西把你门上那个不用的钥匙孔封上；第二，如果再发现这个人偷看，你就直接报警，不用害怕，这种人都是软蛋。你记住，这里是法国。"

陈绿连忙点头："……谢谢您，谢谢。"此外一时也不知该再说什么。白手套瞪了那男人一眼，扶着墙穿好鞋，捋好头发和大衣，转身走进电梯。在电梯缆绳开始慢慢往楼底下沉的那一刻，陈绿终于从不知所措中反应了过来。她想吐。

男人依然抱着头蹲在墙角，一抽一抽，像是在哭。她连再看他一眼都嫌脏。走廊的角落里落着一只白色手套，陈绿走过去捡了起来，看到雪白的棉布上面有被踩脏的黑色脚印。她走进房间，重重地关上门，听到那个男人发出一声痛苦的号叫，像一只在猎食中被彻底打败的野兽。这里真是不能再住了，陈绿闻到了下水道的气味，老鼠和蝼蚁比邻而居。她打开窗户，自己的手在微微颤抖，寒风瞬间冲进了她的身体和房间，她捡起地上的浴巾，披在身上。窗外是寂静而空荡荡的大街，对面大楼里的一些房间亮着温暖的灯火，人影在窗前闪过，像深海里发光的鱼群。她往顶楼那些和她一样的佣人房看去，那一扇扇小小的窗户，七个，八个，九个，黑乎乎的，没有人开灯，仿佛落在海底的一块块沉默的墓碑。

三

地铁工会又开始罢工了，地铁班次变得少了很多，很多人不得不步行或者叫出租车，圣日耳曼大街因此显得比平时要拥挤些。但是看起来人们早已习惯了这种每隔两三年就要发作的节奏，法国人明白——自由的进步，须与权利和利益交换才能得以实现。这是巴黎包容的一面，革命和风暴沿袭下来的生活传统和社会哲学。

放学的时候天已经完全黑了，陈绿穿过挤挤挨挨的马路，去高高学校附近的小咖啡馆和他见面。高高昨天打电话给她，说他决定去蒙特利尔继续学业。“没办法，法国不好找工作，蒙特利尔欢迎会法语的移民，也许以后我会从那里再转去美国。”高高对她笑着说。他是一个瘦小的上海男孩，对自己只喜欢男孩子这一点从不隐瞒，陈绿知道他照顾她是因为乔力的面子，他也许还暗暗喜欢过乔力，谁知道呢。

“你知道，乔力很辛苦。”高高在挤挤挨挨的咖啡馆里小声说着，“他刚开始做建材生意很不容易，喝酒，桑拿，送礼……你是他最在乎的人。他和我说，他不太确定你和他到底会怎么样，毕竟你……你们离得这么远。”

陈绿对他笑笑，手心里攥着拳头。“我暑假会回国，”她对高高说，“你好好混，等我和乔力来加拿大看你。”

高高低下头，说：“那里的冬天很冷呢，零下十几度。”陈绿站起来，拍了拍他的肩膀，在伤感涌上来之前穿过人群向卫生间走去。

从拥挤的地铁出来已经快九点了。突然下起了细雨，天气变得更加寒冷。像往常的每一天一样，战神广场上依然到处都是兴奋的游人，陈绿加快了脚步，去附近快关门的超市里买面包和酸奶。出来时雨下得大了些，她索性把大衣的帽子套在头上，提着食物在没什么人的街道上慢悠悠地走起来，沉闷的心情渐渐消融在这冷冰冰毛茸茸的小雨里。如果生活是一部歌舞片的话，此时她应该唱着《雨中曲》，甩着塑料袋跳起舞来，旋转、跳跃，然后遇上男主角，一起欢快地跳起踢踏舞。

可是你知道的，生活就只是生活。她只遇到了一个在家楼下门廊外站着抽烟的瘦高女人，背影影影绰绰，她周围的细雨在路灯的逆光下狂舞。陈绿掏出钥匙准备开门的时候，那个女人转过身来看着她。是白手套。

“晚上好。”陈绿吃惊地看着她。这一个多星期以来，她每天都会拿着那只洗干净的手套和在Printemps买的巧克力，去敲白手套的家门，却一直没有任何动静，早晨的楼道里也没有响起过歌剧的声音。那件事之后没几天，隔壁的男人就搬走了。她用橡皮胶把锁孔封住了，也变得对门外的声音敏感得像一只警醒的狗。

白手套朝她点了点头。和平时不太一样，此刻她看起来有些魂不守舍，脸上抹的粉底已经变得斑驳，让人觉得滑稽的是，她的粉底是那种有钱人晒太阳之后的时髦古铜色，可是因为被雨淋湿了脸，粉底下她真正的苍白肤色露了出来。那是一张冲刷着残粉，黑一道白一道的脸，但白手套居然一副不知道或者不在意的样子，她的注意力似乎全在手指里夹着的那支烟上。

“您不上去吗？”陈绿问她。

“我在等人。”

“好久没见到您了。”

她扬了扬眉毛：“我去度假了。”

“哦——”陈绿朝白手套笑了笑，“那我先上去了，晚安。”她把钥匙插进大门的锁孔，又想起来什么，转过身对她说，“对了，那天的事，非常感谢您。”

“什么？”她一脸茫然。

“那天啊，隔壁那个偷看的男人，您帮我教训他。”

“没什么没什么。”白手套摆了摆手，把头转了过去，似乎再和陈绿多说一句都嫌麻烦。

“晚安。”陈绿只好又说了一遍。她开了门，走进去的一瞬看见白手套在雨里把烟头扔在地上，重重地用脚踩灭。她想着，明天吧，明天一早就把手套和巧克力送到白手套手里，不欠别人的情分。

但陈绿没想到的是，一个小时以后白手套会来敲她的门。

“我没打扰您吧。”白手套看着她，外套上都是水迹，几缕头发湿漉漉地挂在额头上，粉底一道道的，像干涸的泥浆般挂在脸上。

“没有。”一只被雨淋湿的老猫，她想着。

“那个……”白手套避开她的目光，把头低了下去。

“您有什么事吗？”

“我想问您……能不能借我一点钱，只是一点点……”她抬起头，盯着陈绿的眼睛，“我遇到点麻烦，急需要一点钱，”她挤出一点笑意，眼角的皱纹涌了上来，“本来一个朋友说可以借我，但是我刚才在楼下等了他很久，他却告诉我不行了……”

陈绿愣了一下：“您需要多少？”

“三百五十欧，啊不，四百欧……可以吗？”她紧紧地看着陈绿。

陈绿第一次发现白手套的眼珠子是浅灰色的。浅色的眼睛似乎比深色的总是显得空洞些，她的眼睛像打碎的多棱镜，闪着不可捉摸的灰色和绿色光点。眼前的这个女人应该和妈妈差不多年纪，可是她和妈妈是完全不同的女人。陈绿知道她那白得耀眼的手套，是一种类似消毒隔离工具的存在；她冰冷的灰色眼睛，莫名其妙的优越感，“这里是法国”的傲慢，楼道里的瓦格纳，握在手里的高跟鞋，遗落的脏手套，此刻全都交叠成了眼前这张被淋湿的花脸，这张脸竟让陈绿也恍惚看见了自己。对白手套涌起的怜悯里夹杂着嘲弄，甚至也加上了给自己的一份，像一张被这个雨夜淋湿的薄纸，迅速地洇开了一大片水迹。陈绿知道自己也是和妈妈不同的女人，妈妈朴素柔和，在偏僻小城里安心做了一辈子小学老师；可是陈绿发誓要摆脱那里留在她身上的印记，摆脱日复一日呆滞和单调带来的磨损。她想生出闪光的翅膀，无论在哪里，她都不愿匍匐地上，落满尘土。

四百欧不是什么大数目，乔力也刚给她汇了一笔钱。“可以，您稍等，”陈绿进屋取出支票本，摁在门上，“请问您的名字？”她没有打算邀请白手套进屋。

“Anne Huppert。”

陈绿撕下支票，递给她。“好了，安娜。”

白手套连着说了好几声谢谢。“您不想问我这笔钱这么急，是拿去做什么吗？”她走之前突然问陈绿。

陈绿摇摇头：“除非您想告诉我。”

“我会很快还给您的。”她紧紧咬着嘴唇。

她们之间的关系因为这张支票而变得显然不同。说钱和尊重没任何关系，那是胡扯。住在这里一个多月，陈绿第一次真正体会到贫穷近乎是一种耻辱。钱能决定很多关系，比如以前住在这个屋子里的佣人和从正门进出的雇主；比如穿着名牌的安娜，住在这里，但拼命地逃避这个事实；还有她自己，在用乔力的钱想办法让自己从他身边逃开，陈绿为自己的言不由衷感到羞愧。她们都是说谎者，对自己施以安慰，并且深信这个谎言：我不属于这里，我和他们不一样，我比他们都高贵——高贵在这里几乎是个讽刺。但陈绿又深知自己和安娜的不同，她不在乎指甲油和外套的牌子，她的虚荣来自于对更好的自己的期待。她需要干净宽敞的住房，需要匹配她梦想的环境和阶层，她始终觉得钱不过是一种生活的驱动和手段，正因为那并不是生活的最终目标，不是衡量一个人真正价值的标签价码，才不值得自己花更多的时间和精力去赚取那一点点微小价值。她选择拿自己的另一些东西和命运交换，以替代卑微的薪水、奔波的生活、不值一提的劳作，但交换，那也是另一种代价。

零点了，玻璃窗上折射过来的光点又开始闪烁起来，看不见的远处，是夜晚梦幻的埃菲尔铁塔。陈绿走过去，拉上窗帘。窗帘是她特地选的饱满的橙红色，阳光好的早晨，几乎半个屋子都会铺满一大片暖暖的金红色的光，让她觉得这一天充满希望，无谓忧愁。

四

在巴黎的第二个月过了一半。写作课考试那天，陈绿焦头烂额交完卷子走出教室的时候，小琪突然打电话过来说她要从勒芒过来巴黎待几天。她是陈绿在勒芒那四个月里最好的朋友，一个长手长脚，头发有点自来卷，戴着眼镜学工科的天津姑娘。那时她们的房东都不准她们带客人来家里，所以几乎每个周末下午她们都会泡在一起，沿着河边的小路散步，在小城的广场里发呆，在麦当劳或者咖啡馆里说着自己未来的打算。

在小琪来之前，陈绿开心地把堆在上铺床上的杂物收拾干净，也趁机扔掉了一些无用的东西。前几天她终于在15区一个漂亮的小区里找到了一间既干净又安静的小公寓，下个月就可以搬过去了。

“你这家伙，不用上课吗？”她在火车站一见到小琪就问。

“我请了病假，不想去，烦。”

“你怎么怪怪的？”陈绿看她。

“哪有，你才怪怪的。”小琪拍拍她的头。

她们俩能成为好朋友，陈绿有时也感到很奇怪。她不觉得她们俩有很多共同点，但是竟然很好相处。小琪比陈绿小两岁，据她自己说长这么大从来没谈过恋爱，所以常常会说一些很小女孩的话，是典型的大城市好家庭出来的乖女孩；而陈绿呢，现实清醒，步步为营，父母除了希望她找个稳定的好工作、和乔力结婚生子外别无所求。小琪其实长得很端正，只是穿着有些过于朴素。也许是眼镜常常从鼻子上滑落的缘故，她额头上有很深的抬头纹，时隐时现在稀稀拉拉的刘海下面。她说话的口气和表情总是慢悠悠的，伸出两条细长胳膊的时候，会让陈绿想起某种长长叶子的绿色植物，没有花茎，却会缠绕依偎。

那间小房子里住两个人显然非常局促拥挤，好在陈绿依旧早出晚归去上课，小琪说是来玩，却并不怎么出门。这几天以来的大部分时间，她除了去战神广场看了一眼铁塔，去超市买吃的，其余时间都窝在家里，盘踞在上铺的床上抱着电脑上网、打游戏、睡觉、吃零食。陈绿吃惊她的食量现在变得如此惊人。她买了各种口味的黄油饼干，大铁罐子里装满了蛋卷，结结实实的黑巧克力，洒满白色糖霜的奶油蛋糕。家里一下子堆满了她的零食，陈绿看到的她几乎每时每刻嘴里都在咀嚼着食物，坐过的地方就会落下一片饼干和蛋糕的碎屑。

“这屋子里有蟑螂，你这样会把它们都招出来的。”陈绿想起那些一开灯就满屋乱爬的黑色甲虫，眉头拧成一团，“还有，你是有暴食症了还是怀孕了？”她实在有些看不下去了。

“不知道，这段时间就是特别想吃，不然就会觉得心里发慌，一定要吃东西填满自己才舒服点。”小琪拍拍肚子，一脸沮丧，“怎么办，走路的时候觉得肚子上的肉都在颤抖——可是，还是想吃啊。”

陈绿看着她依然细瘦颀长的四肢，无话可说。

“小绿，今天给你做了白菜蘑菇红烧肉便当，还加了一个荷包蛋。”小琪放下手里在啃的苹果，招手叫陈绿过去。她喜滋滋地打开便当饭盒的盖子：蔬菜和油亮的肉，金黄色焦了边的荷包蛋铺放在米饭上面，满满的便当盒里排得整整齐齐。小琪来了以后，每天晚上都会做好饭等陈绿回家一起吃，顺便帮她准备好第二天中午的便当，让陈绿可以不用再吃冷冰冰的三明治。“哇，太厉害了，我娶你吧，”陈绿盖上便当盒盖子笑着对小琪说，“不过你不知道我最讨厌吃白菜吗？”

这就是陈绿啊。

房间里只有一张椅子，晚上她们总是站在厨房水槽和淋浴房之间的狭小空间里吃饭，小琪做的饭有一种乱炖的好吃。陈绿多年以后还清晰地记得那个画面，仿佛是在一个狭长的火车过道里，她们像是一体的，抱着饭盒，摇摇晃晃，去往不知何处的远方。

“小绿，你还记得我们班上那个日本埃及混血的姑娘Yukie吗？”夜里，小琪的声音从上铺的床上飘下来，房间里一片黑暗，只有她的笔记本电脑还在闪着幽暗的光。

“记得啊，又漂亮又聪明，教养也特好，那时候老师们都很喜欢她。”陈绿翻了个身，仰起脸说。

“她和高一级的那个土耳其男孩子好上了。喏，那个男的你也见过，流里流气的，而且好像很穷，大家都觉得他配不上她。可是他们好了以后，Yukie就越来越爱迟到，现在几乎已经不来上课了。我听说她怀孕了，可能会回日本。”

“她才十九岁吧，”陈绿想起Yukie那双长长睫毛下棕色的大眼睛，感慨起来，“你说，女人为什么要长子宫呢……难道一个女人的终点就只是成为母亲吗？她自己呢？ Yukie和我说过，她父母是在英国留学的时候认识的。她从小在单亲家庭长大，和埃及裔的妈妈生活在一起，虽然她妈妈是大学教授，但是日本挺排外的，她成长的过程中应该也会遇到很多问题吧。她说她在日本的时候有个前男友是在弹子房工作的，就那种小混混。我当时挺吃惊的，但现在想起来，可能和这样的男的在一起，她才会有安全感吧。”

“前男友……听起来可真神气啊，”小琪嘟囔着，嘴里哐当着糖果和牙齿碰撞发出的声音，“对了，那个印度人约你出去了吗？”她把脑袋从上铺探了出来。

陈绿知道小琪说的是前天来给她们修网络的那个棕色皮肤男孩，印巴血统，长得很帅气，浑身的荷尔蒙。他殷勤地问陈绿要电话，约她出去吃饭。但她对年轻的、看上去蠢蠢的好皮囊男人简直抱有成见，为什么要浪费时间呢，他甚至只会请自己吃麦当劳。

“没有啊。”陈绿翻了个身说，“睡吧。”

晚上陈绿被一阵床铺的轻微抖动惊醒。她听到上面传来轻轻合上电脑的声音，然后小琪从上铺蹑手蹑脚爬下来了。在窗帘缝隙透过的一点微光里，陈绿看见她在桌子上抽了几张纸巾，走到窗户边，把手伸进睡裙里面，在大腿之间擦拭着什么，然后她扔掉纸巾，在窗前站着，一动不动。那两条纸巾的白色抛物线，在黑暗里仿佛沿着一个长长慢镜头的轨迹掉落在了垃圾桶里。陈绿闭上了眼睛，轻轻呼吸。过了一会儿，她听到小琪爬上了上铺，床架子的颤动随着她的躺下而慢慢平息下来。

“小绿，你睡着了吗？”小琪的声音突然飘了下来。

“嗯。”

“我睡不着。”

“怎么了？”

“我爸妈离婚了。”

陈绿的头皮麻了一下，她睁大了眼睛：“什么时候？”

“上个星期我妈打电话给我，说我爸什么都没要就走了。”小琪的声音从上面飘下来，“他们好了一年多了，你知道是怎么好上的吗？我爷爷胰腺癌住院，我爸常常去陪床，边上一床是个晚期肠癌的男人，陪床的是他老婆，然后我爸和那女的好了。后来那男的去世了，我爸就和我妈说要离婚……”小琪冷笑，“搞笑吧。”

“你不是说你爸挺好的吗？”陈绿诧异。

“是啊，他说他一辈子就没怎么为自己活过。他一直在演一个好人，老好人，我妈又那么强势，现在他不想再演了，在死之前他想错一回。”

“那你妈呢？”

“她？她那种死要面子的高知——她说那就离呗，就当我爸死了，吵了半辈子，现在终于清净了。”

陈绿摸索着在床上慢慢坐了起来。她靠在墙上，双手环抱着曲起的双腿，听到小琪也在上面坐了起来，和自己一样，靠在了墙上。

“我爸给我打电话，发短信，我都没理他，我觉得恶心。小时候我妈要打我，他每次都护着我；现在他说我长大了，他可以走了……是，我觉得我妈可怜……可是，说真的，有时候我又觉得我爸其实也可怜，他们都挺可怜的……又恶心又可怜。”

陈绿听到头顶上又响起了剥糖纸的声音。

“所以我最近喜欢不停地吃东西，一口气吃很多很多，吃得很饱很胀才有满足感，这样心里就会高兴一点。但是有时候撑到实在受不了，我就去厕所里抠喉咙吐出来，抠完更难受，心情又跌到谷底，所以又开始吃，吃了吐，吐了吃……你说我是不是有病？”

“没事，过阵子就好了，”陈绿抬起头，看着头顶上的床板说，“你别老待家里，要多出去走走。”

小琪的声音慢慢低下来：“我想他们了……”

“喂喂，你刚才下床在干吗？”在她哭出来之前，陈绿使劲敲了敲头顶的床板。

小琪沉默了一会儿。“啊，你看到了？你说呢？”

“嘿嘿，”陈绿又敲了敲床板，“你在看文字的还是视频的？喜欢看欧美的还是日本的？”

她听到小琪把脸埋在枕头里的声音，发出低低的“啊啊啊——”的尖叫声，一边还轻轻拍打着床铺的边沿，整张床微微颤抖起来。

“好了好了，我在下面吃灰呢。想听我和你讲个故事吗？”

“讲。”

“——之前这里有个女邻居叫安娜，我给她取了个代号叫白手套。”陈绿的眼前浮现出她那张湿漉漉的脸。

五

那是陈绿借她钱后的第三天，周末的晚上，安娜拿着一瓶红酒敲开陈绿家门。“我买了瓶不错的Medoc，您愿意和我一起喝一杯吗？”她穿着一件浅蓝色的亚麻衬衣，肩上搭着一件灰色的条纹针织衫，抹了大红色的唇膏，头发还是希拉里那样，看起来状态不错，口气里依然还是一股子白手套女士不容别人拒绝的劲儿。

陈绿其实很累，下午找房子，转了三个区看了四间小公寓都没满意的，但她犹豫了一下，还是请安娜进来了，她也想喝一点儿。说起来安娜还是这间屋子的第一个客人，房间里发出了安静的回响。陈绿找出两个杯子，洗干净，然后切了点Brie奶酪，放在小碟子里。屋子里唯一的一张椅子，她让安娜坐着，自己坐在床上，只能一直手里拿着酒杯了。

"Tchin- Tchin，"她们轻轻碰了碰杯，安娜仰头一口喝完，对她说，"我在找工作，但是您也知道，现在工作很难找，经济不景气。"

陈绿摆手。"不急不急。"她端起酒杯，"这酒不错。"其实她喝不出什么好坏，她只是想让安娜不要太尴尬。

安娜笑了一下："您真是好人，您是学生吗？为什么来法国呢？"

"是的，因为我喜欢法国文化。"陈绿给了她一个法国人最爱听的标准答案。

"好吧，法国文化……"她耸了耸肩，喝了一大口酒，"你知道吗，法国人都很自私，很蠢，我更喜欢美国人。二十年前我和丈夫、女儿住在洛杉矶，我们在美国有分公司，在圣莫妮卡海滩有一幢大房子，圣莫妮卡海滩——你知道吧？不知道也没关系。美国人没那么多法国人自以为是的blabla，还有那么多税，而且——"她扬起眉毛，"而且他们给你三次破产的机会。"她拿起酒瓶给自己咕嘟咕嘟又倒了一大杯，继续自顾自地说，"我女儿在美国，她在好莱坞当演员，演过很多电影，比如……"她想了一下，笑起来，轻轻拍打着自己的脑袋，“啊，对不起，想不起来了，我的记忆力真是糟糕。”

陈绿似听非听。“您喜欢听歌剧？”她对这一点更好奇。

安娜薄薄的嘴角抿得更紧了。“是的，不过……只是有时候喜欢，我母亲以前是歌剧演员，在里昂。不过她一辈子没演过什么主角，总是演和女主角唱对台戏的大反派，邪恶王后穷苦女仆什么的。”安娜看着手里的酒杯，“我小时候，她希望我像她一样，考上巴黎国立音乐学院，唱女中音，进歌剧院。但是我们总是吵架，我只能说，她疯了，她是个疯女人，她只爱她自己，只在需要我控制我的时候出现——所以，她活着的时候，我特别讨厌歌剧，讨厌音乐，我宁愿辍学在餐馆做女招待也不想唱歌。”她放下酒杯，耸了耸肩，“后来我就在餐馆里认识了吕克，我丈夫，他是个商人，我们一起做珠宝生意，那时我们做得很成功，在美国有一家很大的分公司——”

突然她停止了说话，一阵隐约的电子音乐声从窗外冒冒失失地钻了进来，挑逗着屋子里痛说家史的沉闷空气。她们对视了一眼，彼此交换了一下疑惑的眼神，这是一条入夜就十分安静的大街，陈绿从来没听到过任何噪音。安娜站起来，走到窗前，打开落地窗户，寒冷的夜色和一股音乐声浪直直地冲进了屋子里。“来。”她脸红红地转过身朝陈绿招手，像这里的主人。

陈绿走过去倚在玻璃窗上，马路对面那幢大楼里，五楼的公寓正灯火通明地开着派对。看得出来那是一套漂亮的大房子，占了整整一层，楼面上镶嵌着古典风格的装饰纹样，长长的露台上摆满了鲜花。几个十几岁的金发少年正在露台上喝酒聊天，跟着音乐摇摆身体，电子音乐骚动的节奏和他们的笑声放肆地飘荡在深夜寂静的大街上——这个人人彬彬有礼、处处如古典油画的街区。可以想象，和全世界所有的少年一样，他们在故意制造着喧哗和噪音，像年轻的神一般破坏着这个老气横秋和假正经的夜晚。这一刻的世界是他们创造的，而此时此刻正在对面望着他们的这两个挑剔的女人竟然愤怒不起来。“年轻真好啊，”安娜喃喃地说，“今天是周末，上帝会原谅这些年轻人的，是吧，绿。”

不管是过去还是现在，那是一个穿过马路就完全不同的世界，陈绿像在远远看着一部电影。她想起自己那拘谨的、处处正确的、努力上进做一个好学生的青春，还有那没有弹性，硬邦邦的身体。她看到安娜身后，玻璃窗上又闪烁起了埃菲尔铁塔的灯光，美丽而迷幻。可是，这只是折射过来的影子，并不是荣光本身，她甚至可以说，那是虚假的。

“我以前就住对面，三楼那间，比他们还大的房子。我们有七个房间，有佣人、派对、香槟，还有电影明星来买我们的珠宝。”安娜看着对面，突然幽幽地说了一句。她嘴里哈出一口长长的寒冷的白气，脸因为酒精已经泛红，密密的金色汗毛，褪了色的口红，仿佛因为长久潮湿而剥落的墙皮。陈绿吃惊地看着她。同情这廉价的东西，她实在不想再拿出来自慰了，事实上，她已经开始有点喜欢这个女人了。在某些时刻，女人们总是会呈现出相似的面目，尽管她们依然彼此看不起——陈绿知道自己会很快离开这里，去争取自己想要但未知的生活，这是她们在这华丽街道的破旧楼道里仅有的交会，暂时的困顿。她坐在她的房间里，用她借给她的钱买了一瓶酒一起分享——那无用的，自怜的情绪。在情绪的幻相里，除了沉沦，一无所获。陈绿在酒精的微醺下，却更加清醒地意识到，她们都很孤独，但孤独这东西只属于自己，一旦说出口，便对他人毫无意义。她们永远不会，也不可能比现在更加靠近。

风已经吹得她浑身冰凉。对面楼里的男孩们终究还是有这个阶层的教养，他们已经走进了房间，关上了露台门。穿透整条大街的音乐声像立刻被切断了电源，保罗多麦尔大道又瞬间恢复了它的绅士派头。陈绿轻轻关上窗户，和安娜坐回原来的地方：她们狭小而暖和的小船里。安娜从口袋里掏出一盒卷烟纸和两包烟草，混合了一些，放进烟纸，用舌头舔过边缘，熟练地卷好了一支烟。她点燃，深深地吸了一口，然后把烟递给陈绿。烟嘴上有一圈润湿的口红印子，像一个流血的伤口，陈绿犹豫了一下，然后无法回避地把嘴唇放在了那个潮湿的地方。

"对了，刚才我还没有说完，后来我和吕克投资的生意失败了，破产了。"安娜翘起自己的手指看着上面大红色的指甲油，脸上很平静，"一切都失去了，拥有的一切都没有了，什么都没有了，然后我就在一个破笼子里每天望着我过去住的房子。吕克跳楼自杀了。艾洛蒂，我女儿去了美国，很多年了，我没有她的任何消息。我知道她恨我，就像我恨我母亲一样，"她看着陈绿说，"她应该和你差不多大。"

"她为什么恨你？"

"因为，因为我们有时会被自己的恐惧摧毁，而恐惧是因为害怕爱的失去——但不幸的是，最后往往仍将失去我们的爱。"安娜似乎在答非所问。

她们来回传递着那支烟卷，轻飘飘地。陈绿的脑袋微微发胀，空气里有烟草暖暖的香味，她来不及细想安娜说的那些话，就仿佛置身在一片崭新的、镜面般平静的蔚蓝大海前。屋顶上有云，云紧紧贴着海面，在等待着鲸鱼跃出的一刹那，载着它往更深处的云群里游去。

不，不是这样的，陈绿发现自己已经混淆了记忆，她又开始在编故事了。记忆总是难免虚构，安娜后来并没有对她说过破产、丈夫自杀、被女儿无视那些事，这些都是她的想象。但是和小琪说着说着，她自己也相信了她说的都是真的——只要一说出了口，就仿佛变成了真的。她觉得安娜这样的人，故事应该不外乎如此，或者比她想象的还要更冷酷些，那条长长的黑暗通道，芳香的烟草也燃烧不到尽头。

她想起来，那天晚上，她们关上窗户，坐在小屋里，很快喝完了酒，抽完了烟草。她们傻乎乎软绵绵地笑着，像两个从家里偷了糖果嘴角泛着甜味儿的小女孩，觉得喜悦。安娜和她告别，她们笑着贴了贴脸，互道晚安。

六

“那后来呢？”小琪问。

陈绿躺平到床上，床板发出嘎吱嘎吱的挤压声，她把双手枕在脑后，说：“后来，那天晚上喝完酒她就走了，之后我就一直没再见过她，已经有十几天了，她又消失了。你来的前一天，房东把她的房门撬开了，我才知道原来我们是一个房东。房东说她失踪了，已经欠了好几个月的房租，电话也停机了。她早就没有工作了，靠救济金生活，除了报警不可能找到这个人。房间里什么都没有，一点痕迹都没留下，打扫得干干净净，像从来没有人住过。”

“那你借给她的钱呢？”

“没了呗，不过好像也没什么好奇怪或者生气的。”陈绿想起来衣柜里还放着那只忘了还给安娜的白手套；还有，那天晚上之后，她放在桌子上的一把用了很多年的旧牛角梳也再找不到了。“所以那天应该是我们最后一次见面了。”

小琪轻轻叹气：“和我爸一样，可怜之人必有可恨之处。”

无论如何，我们不会走到他们那样的境地，陈绿想。“有的人在冒险中自毁，有的人在安全线内保全一生——你呢，你选择哪种生活？”她问小琪。

“我会选冒险，但是我讨厌做女的，女人的冒险里有很多绝望的东西。”

“嗯？”

“嗯，讨厌，女的太容易软弱，总是很被动。有太多借口也有太多人劝说你不要成为自己，应该去选择一种看起来更简单的生活，像嫁人、生孩子这些好像都是比成为自己更重要的事，是吧——你呢？选冒险还是安全？”

“我选……安全的冒险。”说完陈绿就和小琪一起自嘲地大笑了起来。

“你呀，太贪心啦。”

成为自己与成为他人眼里的自己。“她想去巴黎，她也想死。”她轻声说。

“谁？”

“她想去巴黎，她也想死——《包法利夫人》里的一句话。”

“我们在巴黎了。”

“可是，有时还是会想放弃吧。”

她们陷入了沉默，关于放弃的沉默。陈绿想起了乔力，觉得温暖，她终究还是有个温暖的去处的。过了一会儿，在看不见的沉默里，她听到头顶上又响起了塑料袋窸窸窣窣的声音、糖纸被剥开的声音、咔哧咔哧水果硬糖被用力咬碎的声音。小琪像个上了发条的小人儿，咔咔咔，咔咔咔。“小绿，我们周末去布列塔尼的圣马洛玩吧，很久没去海边了，想去看一眼大海。”

一股淡淡的水蜜桃甜香在黑暗里慢慢弥漫开来。

“嗯。”她闭上了眼睛。

七

2017年2月，飞往洛杉矶的夜航班机上，陈绿在电影《将来的事》里看到她曾经去过的圣马洛Grand Bé小岛。电影开始，伊莎贝尔·于佩尔扮演的女主角一家人站在夏多布里昂的墓前，冬天，几乎一模一样的阴沉天色和咆哮海浪。她清晰地记得那一刻，她和小琪站在大海面前，那一刻她意识到人应该如何浪漫而无惧地面对死亡，更应该如何以生来决定如何死。海风不停地吹乱她的头发，脚下坚实的土地只是一个会被潮水淹没的小岛，而没有边际的大海却仿佛真正包容了一切。人永远应该为未知而活。

她在电脑上按下了暂停键，仔细地看着那个画面：孤零零的墓，还是那个简陋的十字架，那个骄傲地投奔怒海的灵魂，但她发现如今墓地四周已经被围上了一圈围栏，看上去就像一个标准的旅游景点。陈绿在心里笑了起来，觉得他被嘲弄了，如果大海的呼啸能唤醒沉睡的夏多布里昂，他一定会很生气吧，但即使是他，最终也没有逃脱被围困的命运。就像夏多布里昂自己在回忆录里写的："当我离开摇篮，世界已经变得面目全非。"她转过头，看着在身边熟睡的女儿，她粉红色的小脸埋在毛毯下面，长长的眼睫毛仿佛一只安静小鸟身上垂落的羽毛。陈绿俯下身，轻轻吻了一下她的额头，就像电影里的最后一个镜头，伊莎贝尔·于佩尔亲吻着她怀抱里的外孙一样。

那个下午，陈绿和小琪沿着小路慢慢走下小岛。厚厚的云层突然散开了，太阳露了出来，在海面上铺了一层薄薄的金色光芒，风依然很大，但是有了一点点暖意。她们停下来，躺在路边厚厚的枯草上，用手遮着照在脸上的日光，像两只栖息的海鸟。一个七八岁法国小男孩走过她们身边，看着她们，问牵着他手的妈妈："妈妈，她们是日本人吗？"陈绿听到了，她躺着，仰起脸看着他们的倒影，笑着向他挥手，用中文大声说："你好——"那一刻，海浪声突然大了起来，大到盖过了她的声音。

最后，如果你仍想追问，如果一定要在故事里对每个人的命运有个交代的话——陈绿后来并没有考上那所全法最好的设计学校，她申请了一所巴黎的公立大学，读了一年艺术史之后退学，回国和乔力结婚，很快有了孩子。小琪回到勒芒之后，和一个广州女孩相爱，她的暴食症后来不治而愈，和陈绿渐渐失去了联系。高高在蒙特利尔定居，成为一名计算机工程师，去年回到北京创业，成立了一家网络安全公司。至于安娜，陈绿希望她那时去了美国，在那里见到了女儿；或者死后，有人把她的骨灰撒向大海。

巴黎对他们来说很重要，但是对于一生来说，其实并没有那么重要。

海却不满

信

何其握着装满了热茶的杯子，从茶水间走向自己的工位，一碰上刚认识的新同事们从座位上投来的目光，他就连忙点头致意。茶水在杯子里荡漾起来，像两只关不住的蝙蝠翅膀，幅度越来越大，终于飞出来一大口泼到手背上，烫红了一片。他笑得愈发尴尬起来，杯子在手里滴滴答答一路。

前牙咬后牙，真是一个容易笨拙的人啊，第一天来新公司，要看起来很好相处才行。研究生毕业快三年，何其已经换了三份工作，网站编辑，电影宣传，高不成低不就，历史系百无用处是书生。托师哥的面子，推荐他到这家风头正劲的短视频公司做策划，薪水比以前要多，他终于不用再为自己主动揽下来的房租发愁了。虽然许檬和她家从没指望过他的工资，但她的心情终究好看一些了，准备婚礼那些琐事时也少了些抱怨。她的肚子一天比一天圆润，如同整日揣了个结实的小皮球，估计到三月份婚礼的时候，婚纱也遮不住了。何其至今不敢相信，有时看着觉得那更像是一个出现在奇幻故事里的昆虫腹部。怀孕完全是个意外，他从没想过要繁衍后代，也没想过接踵而至的是结婚。他这个人，从此以后，属于何其自己的会越来越少，附属于别人的会越来越多，而他必然要为这些改变做出改变——一想到这些，他就开始警惕地斥责自己自私。

何其在桌上放下杯子，看到笔记本屏幕下面“邮件”右上角的小红圈里，那个一直秒针般唰唰唰走了很久的数字终于停了下来。看来之前用这台电脑的人，真是很久没有收过邮件了，984封未读邮件。刚才行政部的乔妹匆匆忙忙跑过来把这台13寸的Macbook Air递给他说，不好意思啊，公司现在只有这一台闲置的电脑了，找了好久才找到的，你自己格式化一下吧，我马上要去准备老板的会。好的，他笑眯眯接过。

笔记本看起来倒还很新，外壳上有些浮灰。没有密码，一开机屏幕上铺得满满登登的照片扑面而来——一个穿着蓝色短裙的女人背影，站在白色的沙滩上，照片拍得很随意，但是大海很美。大海总是很美。何其看了眼窗外阴沉混沌的天色，一边擦着键盘，一边怀着遗体告别般的心态在格式化之前浏览着电脑里的内容：大量的工作文件，几个电影电子书潜水跑步的文件夹，常见的应用，还有那个刚收了九百多封未读邮件的快爆炸的邮箱。有“小红圈强迫症”的何其点了进去，视线在页面上快速滑过，垃圾邮件，荒草丛生，在要退出的那一刹那，仿佛来自一种臆想，两个感觉不太一样的邮件标题突然跃入了他的眼帘：一个写着“晓波，新年快乐”，邮件来自于两天前；另一个标题是一个笑脸表情，发自昨天上午，两封邮件都来自于一个叫“Summer”的名字。

光标在笑脸上不停地闪烁着。犹豫了两秒，他点了进去。

亲爱的晓波，

你还好吗？非常想念你。再过一个小时就是2017年了，我一个人在家，喝了点葡萄酒，脸红红地给你写这封信（你完全想象得到我的样子）。窗外偶尔传来远处烟花闷闷的绽裂声，我穿着你的外套，趴在窗户上看了一会儿，烟花在黑夜里转瞬即逝，我更加地想念你了。

一年零两个月，那么漫长，简直不能回忆都发生了些什么。每天都有很多话想和你说，可是直到今天，此刻，我才有勇气。你走了以后，我把莫妮卡送给了同事收养，辞了职，去西双版纳小悠那里住了两个月。她在靠近边境的地方种了一个园子的热带植物，生活很悠闲，我在那里也似乎渐渐平静下来。回来以后我把我们的房子卖了，换成了现在这套小房子，为了不显得那么空空荡荡。我把自己扔到各种具体细微的琐事里，接了一些插图的工作，像个偏执狂一样埋在装修的各种细节里，但我还是常常会想，要是你在，你会想用白色的墙还是米色的墙，你会喜欢这样的地毯吗，当然，身为美术老师的我，在审美上总是能说服你。记得那时我们结婚装修房子的时候，曾经为了书柜要不要装门而大吵了一架，那是我们在一起以来第一次吵架，谁能想到是为了书柜有没有门呢。说起来好笑，当时我气得都想离婚了，最后你还是听了我的。最后你总是听我的。你总是原谅我的孩子气。但这一次，我听了你的，用了带门的书柜，你看到一定会很高兴吧。

晓波，我知道你还在我的身边，只是换了一种方式。最近这段时间我又常常梦见你，你说，你很好，不疼，叫我好好的，我记住了。每次醒来我都会想着那三个身体里生长了你心脏和肾脏的人，他们长什么样子，和你相处得好吗，他们也会常常想起你吗，他们会是像你一部分的那样存在吗？你知道，按规定我们两边是不能见面的，所以他们在我的想象里变得无处不在。有时走在路上有陌生人多看我一眼，我就会想这会不会是移植了你心脏的那个人，我不可能不再遇见你——这个想法都快让我发疯了。今天上午我忍不住给那时负责协调你捐献的王医生发了信息，我想知道三个受捐人他们都还好吗，新年了，希望他能帮我转达对他们的问候。你也和我一样，很想知道他们的消息吧，你不会怪我打扰到他们吧。你以前总是和我说，要做一个有价值的人，一个像星星一样能照亮别人的人，你做到了，而我还要一个人在黑夜里继续寻找你的光迹。

我的酒量还是和以前一样差，再写下去我就要语无伦次了，不想告诉你过去和现在我有多么的悲伤。等不到新年到来的那一刻了，我在零点前就会睡着，你那里的时间也和我一样吗？

一定是一样的。

新年快乐。晚安。我去睡了。

之夏

晓波，今天是一年多来我最开心的一天，刚才我醒来看到王医生的信息，其中一个移植了肾脏的受捐人回复了我们。我念给你听啊。

“邱女士，新年祝福已经收到，我已泪流满面。我能体会到您的思念之情，非常感谢你们的无私给予，因为您的丈夫，我得以在这个世界上感受那么多美好。一年多过去了，夜里我时常摸着自己的左腹，默默对他说，我们要一起好好活着，努力活着。现在我已经回归到社会中，跟正常人一样工作生活。感谢您的惦念，我无以为报，也祝您新年快乐，身体健康！”

我躺在床上泪流满面地看了一遍又一遍，仿佛看见了你，和你在说着话，和你在一起，手拉手看着你帮助过的人，哭着哭着又笑起来。像有一束光照了进来，在这茫茫之境上，有了那么一点点希望。王医生说他三十多岁，身体康复得不错，前阵子还去了国外旅游。经历过这些的人，一定会更加地珍惜活着的时刻，我们知道这些就足够欣慰了，对吗？今天阳光很好，天空蓝得透明，让人想起那些最美好的时光。厨房里炖着牛尾蔬菜汤，我买了一束向日葵放在你照片的旁边。好了，我要去工作了，最近要给一本小说集画插图，我比以前能专注一些了，亲爱的你，请继续给予我灵感和勇气吧。

之夏

何其退出页面，呼出长长一口气，他张皇地抬起头观察着，办公室里并没有人在关注他。见鬼了，他意识到自己可能无意间闯入了一个陌生女人隐秘的房间，如果信里写的那些都是真的话。为了切断这种在上午十点半的办公室里不合时宜的情绪震荡，他站了起来，走到窗户边向楼下的马路徒然张望着，那些呆头呆脑的汽车，麻将牌一样整齐地排列在道路两边——这有序的、在白线框里一动不动的日子。他有点后悔自己点开了邮件，脑袋里盘旋着那些挥之不去的字句里的痛感，仿佛为了弥补自己的冒失，又仿佛为了让自己确信，他走回到电脑前，把两封邮件从头到尾又仔细读了一遍，然后拿起手机给乔妹发微信。

“电脑是以前的策划总监的，怎么了？”她回。

“没什么，问一下。他叫迟晓波？他去哪儿了？”

“池晓波。他前年冬天突然出车祸去世了，唉，还很年轻呢……电脑你先用着，我去申请一下给你换台新的。对了，你别告诉领导我没清空就给你了哦。”

何其的手抖了抖。“放心，不会说的。我就用这台吧，不用换了，多谢。”

他放下电话，心神不宁地开始工作，下午的选题会之前他要整理出一个“野生美食家”专题的方案。翻看着那些奇奇怪怪的烹饪视频和天上地下的食物图片——他对美食没什么兴趣，这些多余的欲望——但这台电脑里似乎有了一些特别的温度和意味，那个叫池晓波的男人是使用过这台电脑的最后一个人，这里还留有他生命的气息，键盘里他皮肤的皮屑细细落落，Word的页面显示总是调在150%，最后一部下载的电影是《这时对那时错》。他在一个深夜结束工作，合上电脑，关了灯，离开办公室，从此再没有回来过。何其第一次“认识”器官捐献的人，他想象了一下那种感觉，疼，慌，空，来世怎么办？他舍不得自己，舍得的人要么幻灭要么豁朗。他注视着屏幕上照片里的女人背影，她手脚纤细，裙摆飞扬，黑色的头发像被风围裹着的芦苇——她应该就是那个写信的之夏。但何其想如果他是那个故去的男人，他是不会希望她去寻找自己身体的碎片的，捐都捐了，关于他肉身的一切已经消散，而他们会以另一种方式重逢，会重逢的一定会再重逢。她应该像她的名字一样，像夏天一样蓬勃生活。

乏味的地面之上的生活既然出现了一扇明亮的天窗，他瞥见了那里的星光与密阳，也十分愿意将自己投身于仰望的想象之中。也许她还会再发邮件过来吧，何其决定把这台电脑里的东西先保留着，开始努力思考起下午要交的方案，像一段干木柴，被扔进壁炉里，噼里啪啦地被工作的炉火舔舐着。

两天过去了。写创意、开会，每次打开电脑瞥见那个背影的时候，何其的心里都会掠过一片遮挡住阳光的薄云——那个邮箱里除了偶尔进来的垃圾邮件，安静得就像一座坟墓。这事可能就这样了，他仰望的天窗又关上了。他想着一会儿得找个桌面图换掉她的照片，有空的时候要格式化重装一下电脑——但他又总是忘记，或许是因为那仅仅是件无关紧要的事。有一次他想跟同事打听一下池晓波的情况，又觉得这样不免有些猥琐，他得承认，似乎对他的妻子更感兴趣。就让他们只存在于某种和现实无关的想象里吧，关于动人的爱情和高尚的行为，关于生命的际会和聚散，在一个他够不着的平行空间里。

回家的路上，何其和同事黑麦说着周末拍摄的安排，又一起骂了几句甲方，摁掉后背已经发烫的手机，刚好走到国贸的地铁口。站在蚂蚁搬家般的下班人潮里，他紧接着又接到了许檬的电话。“何多来了。”未婚妻在电话里说。

“谁？”他没听清。

“何多来了，”许檬的声音硬得像块石头，“他说他是何多。他什么时候出来的，来家里你也不和我打个招呼。”

何其停下脚步，从人流里退出来，站到边上。地铁通道口的寒风直往他裤腿里钻。他想起来老何前几天给他发过信息，说弟弟何多好像是昨天还是前天出狱，那天他随手回了个“嗯”。他怎么一声不吭就跑来北京找他了？何其的后背隐隐作痛起来。

“你赶紧回来吧，我没话和他说。”许檬说完就挂了电话。

何其闷着头过了安检、票闸，像一粒鹅卵石被河流冲刷着，被带上地铁，裹进人堆里。每天早晚这地铁的五站，即便拥挤，也是他的放空神游乐园。今天他先闻到的是一股厨房油烟沉积在棉服上的齁味儿，他看了一下，觉得是坐着的那个面容沉郁、穿着简朴的打工中年男身上传出来的，也许他是一个小饭馆的厨子——何其鼻子的嗅觉有一般人没有的灵敏，他常在地铁上和自己玩一个小游戏，猜谁是那个气味的散发者。每天他都会闻到各种不同的味道，混合在车厢里，如同用久了的调色板。他一点点把这些味道从拥挤的人堆里单独摘出来。一般来说，早晨的气味会比晚上的要好闻得多，但晚上的气味会更丰富更难以捉摸些。看着像国企干部或者大学老师的男人，有好几天没洗的头油味儿；装修工人身上，涮羊肉火锅混合着生石灰的味道；西装男人身上的气息从油墨、橘子串到狗味儿；时髦女郎的呼吸里掺杂着中药味道；如果遇到像今天早上那样的——新鲜的柠檬沐浴露香味在少女白皙的脖颈上飘散，他就会挤过去，尽量靠近她，然后闭上眼睛偷偷呼吸。不过，眼下此刻，他似乎还闻到了一点精液或者石楠花的味道，他皱着眉头吸了吸鼻子，确定了那是精液。张望了一圈后，他把目光锁定在了那个懒洋洋靠在栏杆上、黑眼圈颇深、一身嘻哈装扮的瘦高少年身上，气味正从他的头发上发散出来。少年，少年挥洒不尽的荷尔蒙，像小狗一样哆嗦着身体发射。他怔怔地望着那个年轻的侧影，不得不想起了年轻的何多，等下要见到的弟弟何多。

何多比他小六岁。小时候何多跟着邻村的爷爷住，上学的时候才回到家里。一年后，也就是何其十四岁那年，父母在再也无法忍受彼此的怨恨中离了婚。他跟了母亲，何多跟父亲。分开的时候，何多还是个说话大舌头、总是哀求何其帮他写作业的黑瘦小男孩，像猴子一样能爬很高的树，往河里打水漂能打很远，他记忆里的弟弟一直就停留在那个样子。又过了一年，父亲再婚，一家人去了浙江打工；母亲后来也又结了婚，他们就几乎没再联系。几年后他第一次看见弟弟照片时大吃一惊：这个人长得怎么这么像自己，就像他的少年复刻版。可是他们除了面貌相似，后来的人生轨迹却是完全相反。偶尔从母亲那里传过来的消息，何多的状况总是像满地碎玻璃般听着扎人：偷家里的钱，辍学，和不三不四的人混在一起，吸冰毒；终于他为了一个女孩子和别人打架，对方重伤，差点瞎了一只眼睛，家里砸锅卖铁赔了个底朝天，加他自己进去了五年。

何多出事那一年，何其考上了北京的研究生，成了母亲和村里的骄傲。这么多年的争气和好强，他觉得终于可以暂时浮出水面透口气了。但弟弟进去之后没多久，母亲毫无征兆地突发脑溢血，去之前她对何其说，这辈子最后悔的事就是后来没有管何多。母亲走了，何其一个人了，他从来没有那样孤独过。他常想起那个过去被刻意忘记的弟弟，他就像母亲解冻了放在冷冻柜最里面的东西，被扔下的、假装不存在的弟弟。他们只是为了让自己的责任和经济负担少一点。黑夜里他望着头顶上看不见的天花板，觉得难堪，他庆幸命运给了他一份侥幸，弟弟像是他的顶替者，替他挡住命运的阴影，换来了他的平顺。父亲当年好赌，嗜酒，又偏偏性格懦弱，有这样的男人在，无论到哪里家里的情况总会是一团糟，如果那时父亲带走的是他，恐怕他也会和何多差不多地自暴自弃。没有人比他更了解何多，尽管他们已经陌生得像两个陌生人，但来自基因里共同的暴戾和怯懦此消彼长。他决定尽量补偿对何多的这份歉疚，他开始给何多写信，常常寄些励志的书和日用品给他。何多也给他回信，每次都寥寥几句，东西收到，我还好，谢谢。去年春节前，何其去南方出差时特意和父亲一起去看过他一次。监狱在一个荒芜的小镇郊区，周围是泥泞的化着肮脏雨雪的小路，汽车颠簸的尾气冒着白烟，他和父亲也没什么话说，两人沉默地提着大包小包走着，脚下发出呱唧呱唧的泥水声。弟弟比他想象得要白胖些，不怎么说话，眼神躲闪着。何其看着他，说了几句就有点想哭，他觉得是他们一起把何多的人生推向了黑色的泥潭。他私下还攒了一点儿钱，虽然不多。他想明年何多出来，只要他愿意好好地重新开始，自己做点小事情，或者去读书学个技术，他都全力支持他。

但是，他从来没想过何多会这样不声不响地跑到北京来。

来投奔他吗？他能给他什么？

他只有一份朝十晚六但几乎天天加班的工作，和许檬在五环租的一室一厅，七十多平，刚刚够自己住，她家买的房子还要半年才能交房。客厅里的沙发是沙发床吗？还是打地铺？也许何多能将就过几夜？许檬怀孕以后，小姐脾气变得越发难以捉摸，她会觉得不方便吗？或者让他去附近的如家住？何多高中都没毕业，在北京能找什么样的工作呢？他吃得起苦吗？会不会又去学坏？他就那样胡乱想着，手拉着吊环晃晃荡荡挤挤挨挨地跟着地铁的节奏。太挤了，前面那个散发着淡淡体臭味的男人背着的双肩包顶得他很不舒服，他往后面稍微挪了一点，后面的人马上伸出手戳了他的背一下。何其没有回头，他下意识地把身体又往前面靠回去一点，吸了吸肚子，小心地让自己保持着一种谁也不挨着的中空状态。

月亮看上去像隔着一层雾，毛乎乎的。今晚似乎特别的冷，何其顺路买了一些鸭脖鸭舌，提在手里，缩着脖子大步走进小区。一个年轻的男孩子坐在楼下的台阶上玩手机，也不怕冷。保安穿着军大衣在昏暗的灯光下慢慢踱着步，看见何其，像往常那样和他笑着点点头打招呼。

“何其，”那个男孩子从台阶上站起来叫他，又喊了一声，“哥——”

“何多……你怎么在这儿？”何其恍惚了一下，愣在那里，捏着钥匙的手僵在半空。

“我在等你。”何多摸了摸自己发红的鼻头，显得有些局促。

“你不是在家里吗？刚才许檬——”

“嗯，我下来转转，顺便等你。”何多站得笔直，两只手垂在裤缝的地方，身体上还遗留着受训的姿态。

何其走近了。何多黑色毛线帽子下露出的脸，清晰地，放大般地在他眼前晃动着，他们相像的脸，有着一样遗传自父亲的暗色的皮肤，英挺的鼻梁和母亲的厚嘴唇。二十一岁的何多，比他高一个头，比他瘦一圈，眼睛亮晶晶的，甚至比他去年见到时还显得明亮，何其疑心那是因为月色和路灯光的关系。他穿着一件宽大的黑色棉服，松松垮垮罩在身上，脚边搁着一个大大的深蓝色牛津布双肩包，背包鼓胀着，昏暗的灯光下也看得到上面灰白色的尘土印子。如果在旁边放一辆电动车，他看上去和那些每天在这里穿梭来回的快递员也没什么两样。但是他是弟弟啊，差一点何其就走了他的路的弟弟啊。

“走走走，上楼，这里冷。”何其一步跨上台阶，把手放在他的背上，闻到了一股淡淡的植物味道，像被锯开的松木。

何多没动。“不上去了，我就是来看看你，现在看过了。”他笑起来，露出整齐的牙齿。

保安一边给进出的人拉门，一边在看他们。何其把何多拉到墙边，他有点儿明白过来，何多把背包都拿下来了，是没打算再上去。“是不是——许檬她说什么了？”他有点生气。

“没有没有，”何多摇头，“她说她怀孕了不太舒服，去卧室躺下休息了。我在客厅坐了一会儿，觉得在那里怪打扰她的，就下楼等你了。”

何其的声音干巴巴的。“是的，她怀孕了……对了，你是昨天……”他觉得“出来”这两个字很刺耳，“你是昨天回的家？”

何多点头：“爸他们住小环那里了。”小环是何多继母带来的女儿。何其想起来，父亲家里的一点积蓄都赔给了那个被何多打伤的人，为了节约，他们后来就一直住在小环家，那里也不宽敞，何多再住进去确实也很勉强。他问：“老何还好？”

“还好。”

“怎么突然来北京了？”他盯着何多看，“老何知道你过来吗？”他疑心他们昨天吵过一大架。

“知道吧……昨天他问我有什么打算，我说不知道，就是想来北京，他就给了我你的地址和电话，”何多低下头看着自己脏兮兮的鞋说，“你的电话一直没打通。”

“没打通？”何其皱起眉头，掏出手机来疑惑地摁着屏幕，嘟囔着，“不对啊，下午我还接了一个推销电话呢。”

“不知道怎么回事……”何多小声说着，转过头看着他放在地上的那个大包，一只胖乎乎的小土狗正经过那里，像要撅起后腿在包边上撒尿的样子，他朝它挥挥手，吹了一声口哨，小狗立刻跑了。

“不知道怎么回事……”何其把手机放回口袋，“你还没吃饭吧？先一起附近吃点吧。”

“不吃了，我和朋友约了一起晚饭，晚上也住他家。”

“什么朋友？”何其的眉头又皱起来，“做什么的？”

“老家的一个朋友，他来北京好几年了，自己开了个小饭馆。”何多拿起大背包，准备挎到肩上，“你回去吧。”

听到这句话，何其脑袋后面一直紧紧张张一胀一胀绷着的绳子松了下来，但他马上替自己难为情起来，忙说：“那明天晚上咱们一起吃饭吧，说好了。”

“放心吧，哥。”他背上了大背包。

“你等会儿，”他把手伸到包里想拿皮夹，摸空了几下想起来他现在已经很少带皮夹出门了，“等下，我转点钱给你，你请朋友吃饭，自己买点东西。”他拿着手机发现自己还没有何多的微信，电话也没有，什么都没有。

何多从口袋里掏出一只红色的旧手机，屏幕已经碎了，蜘蛛网般放射着裂痕。“手机昨天小环给我的，她不用了。”他看何其在看他的手机，向他解释着，把屏幕朝他递过去。他们在路灯下面加上了微信，听到“滴”一声，何其心里突然有了种踏实的感觉，过去现在两条分了叉的线又重新交会在一起。这是他们共同的转折，他听到命运的声音发出了空空的回响，那些躲躲闪闪的东西此刻彻底地进入了他的生活，他不能再装作看不见了。在做爸爸之前，他要先学会做一个哥哥。

“走了。”弟弟朝他挥了挥手。“钱我还有一点，等没了我再问你借。”他笑着说道，但口气不容置疑，露出一丝之前没有的硬气。

“明天吃饭啊，我微信你。”他伸着脖子冲着何多的背影喊。弟弟转过头朝他又挥了挥手。

保安帮他拉开门，冲着他笑：“亲戚啊。”

他尴尬地笑着点点头，提着的那袋鸭脖子在手里哗啦哗啦地响。

推开家门的时候，屋子里是黑的，有一股淡淡的胃酸、鸡蛋和新鲜自来水腥味混合在一起的味道，悄无声息地弥漫着，仿佛进到了一个黑漆漆的鱼肚子里。看来许檬又吐过了，何其原本有些气鼓鼓的胸腔一下子瘪了下去。他打开玄关的灯，轻手轻脚脱下皮鞋在门口放整齐，换了拖鞋，把电脑包和鸭脖放在餐桌上。卧室的门紧闭着，他轻轻推开一条缝，细细的光线里许檬整个人一动不动埋在被子下面，密闭的卧室里是她呼吸里惯有的淡淡甜香——她的味道，只有他才闻得到——白天像刚从冰箱里拿出来的第一口桃子汽水，到了夜晚就会变得多一点隐秘的奶香味，那曾经是何其迷恋她的原因之一。在长久的整个夜里，他可以什么都不做，只是把头埋在她的身体里，每一处，曲折的地方，她软绵绵像云朵一样的身体，他就非常满足了。但那似乎已经是很久以前的事了，不知道从什么时候开始，他就只会礼貌性地用嘴唇轻轻碰她的额头，她常不耐烦地推开他说压到她了。虽然睡在一张床上，但他们各自盖着自己的被子，说起来是因为怀孕怕她睡不好，但何其知道自己在回避触碰她的身体，避免那种尴尬的感觉，也许她也是同样。“许檬。”他轻轻呼唤，一动不动地站着，等了一会儿，没有动静，就退了出来，把门关上。

他从冰箱里拿出几罐啤酒，坐到餐桌边。在电脑进入开机画面之前，他已经就着啤酒开始啃起了鸭脖。许檬是不喜欢看他吃这类食物的，不健康，添加剂，他仿佛看见她皱着眉头一脸嫌弃的样子。她做的饭他也受不了，西芹炒胡萝卜，芦笋炖豆腐，蔬菜鸡胸肉加点盐和橄榄油放在烤箱里烤一烤——怀孕前她会给他也每天计划好食物，按营养和卡路里搭配，他尽量显得吃起来津津有味一点。许檬是三甲医院的麻醉师，对很多东西习惯了精准的控制，但怀孕这件事，偏偏是一个失控的结果。那之前他工作的那家杂志关门了，他在找工作，本来已经决定和她讲分手，也许她也是——住到一起以后，他们发现自己对对方的认知都产生了明显的偏差和过高的期待。她每天从末端挤牙膏，而他总是从中间挤，最后两人各用一支牙膏；她总是要求袜子要配好对儿、整齐叠好，他喜欢一股脑全塞到抽屉里，后来他学会了偷偷扔掉那些需要配对的旧袜子；她喜欢安静地看书，于是他在家看电视看下载的电影都戴着耳机；她尖刻而软弱，他懦弱又深情，最后在这种没有空隙的同居生活中陷入了共同的愤怒：为什么他（她）不愿意为我改变？仿佛什么都要两个人一起分享，连可怕的情绪也是。只是倒都没想过不要孩子。对于两人即将到来的婚姻，他们有一种默契，重新相互接受和隐忍，以便这一切能够尽量平滑地过渡到下一阶段。但何其越来越感觉到，这细碎的、平静的生活里仿佛有一种不可遏制的下滑引力在牵引着他，越想往上，就越需要对抗和挣脱下落的力量，越想跨过忍耐，就越不得不以更真实的面目来抵抗自己的败退。他甚至觉得那个字他都已经说不出口——爱。也许他还是爱着她的，但是想到要这样过完一生，他觉得自己已经老了。

他看着屏幕上的大海和女人背影。

邮件的小红圈里不知道什么时候有了一封新的邮件。

何其喝了一大口啤酒，把鸭脖子咬在嘴里，手在餐巾纸上蹭干净油迹，然后点开了那封邮件。

晓波，有两天没给你写信了。除去一两次外出，大部分时间我都在构思插画，画了一些草图，但都不太满意，有些沮丧。在沮丧的间隙里，我终于整理了搬家之后一直乱糟糟的衣柜，你的衣服也都安好地叠在抽屉里，还试着自己腌了雪里蕻，把樱桃萝卜的叶子洗干净用海盐腌起来，放到密封的玻璃罐里，过几天就可以吃了。冬天暖气充足的房间就像冬眠的洞穴，度过这些琐碎的日常仿佛小动物在舔着自己的毛发，令人平静但又乏力。冬眠总会结束，时间不会停止，但我还不知道该如何面对生机勃勃的春天。

等会儿我要去听别人讲《圣经》，我想试着了解一下，希望它能给我些力量。我们以前讨论过宗教的问题，你是无神论者，觉得爱就是最大的信仰；而我觉得你的想法有些天真，爱带来包容，也会导致狭隘。人无法摆脱本性上的自私和利己，所以我们也许需要更强大的东西来引领自己的精神，来帮助我们超越自己的懦弱。生命里到底有没有绝对永恒的体验和信赖，我想知道。因为即使是你，即使是我对你的爱，也会空空荡荡，无所依托。你看，爱此刻毫无能力，并且让我深陷绝望。

想了很久还是觉得应该告诉你，昨天我得知另外一个肾脏受捐者因为术后并发症感染，在移植一个月后已经去世，家属为此还在医院闹过。我很难过，也替你难过。至今我仍难以接受你的支离破碎，你签器官捐献志愿书的事，我并不知情，医院告诉我的时候，我站在ICU外面几乎晕倒。一边是做了手术依然深度昏迷的你，一边是做了我完全不知道的重大决定的你，我尊重并且无法选择地完成了你的决定。可是，我曾经以为，我们之间没有秘密，是的，我再一次曾经以为。你知道这对我意味着什么，可是你还是把这一切留给了我。我理解你的善良和超脱，但我无法理解你的隐瞒和回避。你的心呢，在什么地方？在谁的身体里跳动？它还知道你签署捐献书的那一刻在想什么吗？还知道我的存在吗？它最后记得的是我们彼此的挂念还是相互的责备？

何其关掉了页面，他又开了一罐啤酒，大口下去，白色泡沫挂在嘴角。他也有些沮丧，爱不论微妙还是盛大，总是很少有人会对此感到满足。

“如果是你，你会想见她吗？”

中午吃饭的时候，他问了黑麦这个问题。他把邮件的事和黑麦说了，当然，他的描述经过了加工，那是他一个朋友遇到的事。

“嘿嘿——”黑麦脸上露出了狡黠的笑容，“看她长得怎么样了，不好看的话，就默默飘过吧。”

“好看呢？”

“那必须当面关心一下，”黑麦把吃完的盒饭收起来，眼神游离地开始想象起那种戏剧性，“生活多无聊啊，这多刺激，你可以慢慢靠近一个女人，甚至假装偶遇，但你知道她的很多事…….”

“不残忍吗？”何其自嘲起来，“男人可真他妈势利。”

“同情有什么用，再说也帮了她。”说着黑麦和他互相对视了一下，为自己的女人的男人还活着而感到庆幸。

之夏好看吗？他仔细翻检着池晓波电脑里的文件，没有找到一张有女人的照片。他当然想象过她的脸，那当然是美的，凄楚的，怜惜的，懂爱的，待拯救的。在酒精的催化下，何其觉得内心有一种久违的热烈的东西开始流动起来，他决定做一个重拾诚恳与尊重的人。在点击“发送”的那一刻，他甚至有了一点儿自我奉献的感动——

这种类似男女欢情又超越了男女欢情的情感，很高尚。并且，他小小地抵抗了那个在墙后熟睡的人，她和她所意味的生活，在这一刻离开了他的半径。他轻轻叩击着蛋壳，裂纹四散，攀缘生长，但蛋壳不会破碎，那些裂纹令这枚圆顺光滑的蛋变得有些与众不同起来——是他创造的。何其觉得他的世界又回到了自己手里，开始重新运转起来。

之夏女士，

您好，冒昧给您写信，我在池晓波的公司工作，我现在用的电脑以前是他的，无意间我看到了您写的邮件，十分感动。我想您可能想看看或者拷贝电脑里他留下的文件，如果您需要，我们可以约个时间见面，然后我会清空这台电脑。

祝好

何其

北野武蓝

“你们不喝东西吗？”之夏手里握着一杯拿铁问坐在对面的她们。傍晚的星巴克挤挤挨挨坐满了人，她们运气好，找到了一张靠窗的桌子。

田田和她的伙伴笑眯眯地看着她，一齐摇了摇头。之夏有些不好意思起来，她突然意识到，这里二十多块钱一杯的咖啡对她们来说可能有点贵。

她是在新年那天下午去买面包的路上遇到田田的。她个子很小，一张典型的蒙古脸，红扑扑的，走过来先是向之夏问路，然后又问她了不了解基督教，怯怯的。之夏以前也遇到过传教的，都笑笑走开了，那一天却心念微动，她近来越来越觉得自己需要一个心理医生或者一种宗教信仰。她和田田加了微信，约好过几天下午在附近的星巴克“学习”。“我先听一听啊。”她笑着对田田说。

“那我们开始吧。”坐在左边的短发女人说着，从牛皮纸购物袋里拿出一本黑色皮革手册，她拉开外面的一圈拉链，里面露出一本已经被翻得卷了边的《圣经》。之夏不记得她们有没有互相介绍过名字，但很快她就发现，名字并不重要，她们有一个共用的称谓。

“姐妹，您以前读过《圣经》吗？”短发女笑吟吟地望着她。

“没有。”之夏摇摇头，看了看周围，她有一种在咖啡馆秘密接头的感觉。

“好的，姐妹，那我们先了解一下耶稣基督的故事吧。”短发女把书挪到之夏足够看清楚的地方，身体向她凑过来，用手划着书页上的一行字，低着头轻声念起来：“《马太福音》里说，‘耶稣他母亲玛利亚已经许配给了约瑟，还没有迎娶，玛利亚就从圣灵怀了孕’……这一段是说，上帝决定让他的独生子耶稣基督投生人间，找个母亲，然后就在人间生活，以便人们能更好地了解上帝、学习热爱上帝和更好地相互热爱。玛利亚已和木匠约瑟订婚……”书页的纸薄而脆，翻起来半透着光哗哗地响。从耶稣的出生到神迹，从受难到复活，每念一段，短发女就流利地背上一段解释，生硬而认真："所以耶稣是神的儿子，神爱世人，甚至将他的独生子赐给他们，叫一切信他的，不至灭亡，反得永生。"她抬头看着之夏，观察她的反应。

之夏惶惑地点头，似懂非懂。拿铁一口一口浅下去，她听着渐渐生出一些疑惑，手捧《圣经》的人她真的理解自己在说的这些吗？为了集中注意力随时做出回应，之夏不得不注视着短发女的脸，她三十岁左右，眼神锐利，声音尖细，有一点儿东北口音，涂着橘红色唇膏的薄薄嘴唇上下翻动着。之夏觉得她应该做着店长或者培训主管之类的工作，看着比身边的田田要坚定能干。田田从一开始到现在，都只是像个傻傻的小女孩般在一边沉默地微笑。

"上帝创造了美好的世界和万物，让人享受他的丰盛，但是人往往遭遇不如意的事，为什么得不到这祝福呢？"没等之夏回答，短发女自己就接了下去，"因为'世人都犯了罪，亏缺了神的荣耀'，人类无法拯救自己，而上帝要帮你成为自由的人，所以——"

"所以我们都是罪人？要赎罪？"之夏问。

对面的两个女人一起非常确定地点头。

"那这个'罪'和佛教说的'苦'是一个意思吗？"她很认真地想探讨，"我看过一些佛教的书，佛教认为，我们的'苦'是因贪嗔痴而起，苦的程度与自我的执着与贪念成正比，而佛陀只能指导你如何脱离苦海，并没有一个全知的'神'来解救你。"

短发女的脸色变得严肃起来，笑容短暂地消失了，她的声音更尖锐了一些："只有耶稣是对的，他预言了一切。信他的人，不被定罪。不信的人，罪已经定了。”

“然后呢？”之夏张大了嘴巴，她放弃了追问。

“所以我们要迎接耶稣，他因为爱世上的人，甘愿来到世间，并担当了所有人的罪，钉死在十字架上。”她又翻过几页书，“你看，这里，耶稣说，‘我就是道路、真理、生命，若不借着我，没有人能到父那里去’……”

之夏开始走神了，那些纠结在她脑子里的抽象的问题，此刻更加混沌一片，她的宗教应该是充满希望、理智实在的，而不是一知半解呆头呆脑的说教。此刻咖啡馆里温暖如春，而玻璃墙外的天色阴冷而昏暗，大风已经刮了一天，现在又下起了小雨，冬天的凄冷不过如此。路边那些悬挂在空中和草坪里的圣诞节彩灯还没有被收掉，显得过气而寒酸，它们和流动的车灯、闪着的霓虹灯一起，映在湿漉漉的路面上，像被用彩色玻璃纸包着似的，又像是做了LOMO滤镜，裹着无数条形形色色的腿从她的眼前晃过。

冷暖的氤氲，潮湿的光影，慵懒的音乐，密会的基督，之夏突然想起了马丁·斯科塞斯的《出租车司机》，那个雨水和灯光迷蒙交织下的、孤岛般的纽约。出租车窗外的光景，像极了眼前的这一幕。她很想问坐在对面的她们，你们是因为遇到过什么而信教的吗？信仰真的消解了你们的痛苦吗？她想知道她们的回答。她坐在这里，和电影里的崔维斯一样正在饥饿而孤独地寻找着，生命里的信条、箴言、宽恕、百忧解，抵达幸福的大道。她只想追问，神啊，为何你只知晓我们的罪，却不庇护我们的爱。

“姐妹，姐妹……”短发女在叫她。之夏回过神来。“刚才听下来感觉怎么样？”她和田田带着不变的微笑看着她，似乎是要让她相信，她们通过信仰已经获得了足够的幸福。

之夏很不想让她们失望，可是她有点坐不住了。“能问一下你们为什么信教吗？”她还是忍不住问了，有一种想破坏那个微笑的冲动。

她们没有说话，嘴角依然挂着那抹笑看着之夏，你也可以理解为意味深长、神秘、拒绝，或者讥讽。一直没说话的田田突然轻声说：“你看过电影《反基督者》吗？”

之夏吃惊地问：“是拉斯·冯·提尔那部吗？”她没想过这个名字会和田田有关系，因为她像是看肥皂剧的那种女人。

田田仿佛不好意思地颔首，脸更红了。

“没看过，我回去看。我回去也看看书，消化一下，才能更好地理解，”之夏站起来，穿好大衣，向她们道别，“感谢你们的讲解。”她们没再说什么，仰着脸对她微笑。继续微笑着。上帝告诉她们应该微笑，她们就永远保持微笑。

会有那么一些时刻，你试图了解总结，却只得到混乱而愚蠢的印象。

走出咖啡馆的时候，手机响了起来，是王医生的电话，他对她显而易见地有种特别的关心和亲近，但她并不关心其中的含义。手机响了几下就因为没电而彻底沉默了。之夏走进雨里，没有带伞，雨点落在身上，带着零下五度的冰凉，头发和肩膀很快就润湿了，寒冷让人无法逃避地清醒，空虚在身上渗开一片。她大步往前走着，穿过熙攘人群，避开他们的伞还有伞下的脸，茫然的，笑着的，私语的——然而这些人都和她有什么关系呢？人们以为痛苦是相通的，可以相互告慰，相互关心，然而谁也不了解谁。一辆辆汽车正驶过十字街头，带起哗哗的水声，仿佛冗长的马群在穿过一条湍急的河流。她站在斑马线前面，有那么一刻，她觉得那里有一种力量在吸引她过去，像一只冲进马群里的小鸡，嘭的一声被马群高高地撞飞，然后沿着引力划出的曲线坠落在那条河流里——然而还要再等一等，她对着天空仰起被雨水打湿的脸，对自己说，再等一等。她等着红灯灭了，绿灯亮了，走过去。还有事没有做完，之后她才可以放心地去找他，她见了他，才觉得对得起他。

之夏在遇到池晓波之前谈过一次恋爱，他是她的大学老师，有家室和两个孩子。之夏的父母也是大学老师，对她自小严格管教，或者说是严格监控。高考时她选了一所南方的大学，像小鸟一样飞去了那个城市。老师教他们艺术史，出过几本摄影集，他找她做肖像模特，拍出了她独特气质的美——那样的她，是她自己都不曾发现过的。自小家庭的苛责，让她一直以为自己是个毫无特点乃至平庸的人。也许是因为他发现了另一个自己，她爱上了他。他的妻子很快找到学校，在教室门口打了她耳光。他几乎立刻就退缩了，给她写了一封长信，她没有回。接着她大病一场，一个人在医院躺了半个月，在病床上陷入了悲情女主角式的自怜之中。那是她人生中第一次遭遇真正的挫败，她觉得这样的挫败配不上她。小时候她看了很多童话和民间故事，王子和公主幸福地生活，巫婆和恶魔死在龙的火焰之下，她从没疑惑过这世界的善恶分明，她觉得她明白什么是真理，她总是好的，对的。虽然一想到爱情，她就会感到紧张不安。那种汹涌的虚脱感又回到了身上，但她依然感到，她的爱应该是完美而无瑕的，她的一生应该是幸福的。后来她遇到了池晓波，他们在一个朋友聚会上认识，一见钟情，一年后他们结婚了。他是一个很好的人，值得她把自己的世界完全奉献给他；她也享受着他的宠爱，像一株骄傲的水仙，一个被珍藏在抽屉里的瓷娃娃——直到那个夜晚，带着海啸般的破坏力、摧毁了一切的夜晚。

他离开家后不久，她接到电话，从家里赶去医院时，脚上穿着的是两只不一样的鞋。在ICU门外忍受没有尽头的煎熬，为了让自己一直醒着，她在医院里走了一圈又一圈，直到他们告诉她，晓波已经脑死亡，再也不会醒过来。从她再看到他的第一眼，直到最后一眼，他都一动不动躺着，闭着眼睛，五官青紫地肿胀着，戴着呼吸机，身上插满了各种管子。一些屏幕亮着，仿佛在记录他的灵魂是如何一点一点离去。如果有上帝，上帝应该祈求得到她的原谅。人间也许有永不破碎的童话，但人们却把童话谓之真理——之夏在三十岁那一年才真正明白这个道理。

三十岁，晓波比她大三岁，他一个星期前刚过完生日，身上穿着她送的生日礼物，那件黑色毛衣，沾满了血和金属碎片，在她眼前晃动着。她推开了家门。搬进来几个月了，家里还是乱糟糟的。很简单的装修，家具一直没有买齐，原来的家具她全都随房子一起卖了。客厅里还缺一个茶几，地板上已经沾了些擦不掉的颜料，沙发前面的地毯上乱七八糟堆着一摞书和衣服。她几乎没什么心情收拾，反正除了自己的父母也没什么人会来，翻翻捡捡，拉拉杂杂，好些日子也就这么过去了。窗外小区路两边新安的红色灯柱，远远看着仿佛一支支插在黑色蛋糕上的生日蜡烛，护着周围楼房里一间间冷冷暖暖的光。她拉上窗帘，站在屋子中间脱下身上的衣服，衣服带着潮湿的水汽一件件落在地上，像蛇蜕掉的皮。她看到放在晓波照片旁边的向日葵，有两枝已经有些耷拉了，几缕黄色的花瓣和毛茸茸的叶子卷起了一点儿焦黑色的边。她光着身体走过去，把向日葵拿出来放在桌上，去卫生间给花瓶换好水，再把浴缸里放上水，然后回到客厅把手机充上电。手机一开机就急切地震动了起来，是一个陌生的电话号码。她慢吞吞地套上一件浴袍，走过去摁下了接听。

“您好，请问是邱之夏女士吗？”之夏听到一个上了年纪的女人的声音。

“是我。您是？”

“冒昧给您打这个电话，希望没有打扰到您。我是您先生心脏受捐人的妻子，我叫刘美澜。”

她不敢相信。“您先生心脏受捐人的妻子”，她觉得自己一定是理解错了。

“喂？”

“在——您好。”她的声音轻飘飘的。

“是这样的，前两天王医生给我们转发了您的问候信息，非常感谢您和您先生。我丈夫想和您见一面，您看您什么时间可以？我们现在在三亚，要三个月以后回成都。”女人说话的语速很慢，声音里有着一板一眼的沉稳和教养，但听起来并没有什么感情色彩。

之夏握紧了手机，好像那就是在电话另一端的他们：“我随时都可以，现在可以吗？就现在——哦不，你们在三亚，今天没班机了……明天好吗？明天我就可以飞过来见面。”她担心他们随时反悔，毕竟很少有受捐人会主动提出见面。

电话那头沉默了一下。她说：“您稍等。”

她等待着，一只手摆弄着那束放在桌上还没来得及插回瓶里的向日葵。黄色的花瓣上覆盖着一层细簇而短的绒毛，她扯了几瓣下来，在桌子上摆来摆去。浴缸的水龙头汩汩响着，水也许快积满了。过了一会儿，她终于听到电话那端女人的声音：“可以，您明天来吧，往返机票的钱由我们支付。”

“不用不用，我自己买。”

“好吧。那请您记一下地址。”女人慢慢说着，之夏在地毯上的那堆杂物里摸出笔和纸，蹲着记了下来。

“明天见。”

“明天见。谢谢你们。”

女人沉默了一下，说：“是我们谢谢您。”

她挂了电话，坐在地毯上发呆。心跳得很快，站起来原地转了一圈，搞不清楚自己该先做什么。她想起来去拿行李箱，不，先给王医生打个电话，她停下来拍了拍自己的脑袋，应该先订机票和酒店。哦天，浴缸里的水。她往卫生间跑过去，浴袍的带子散开了，她任袍子滑落到地上，在水溢出来之前，她跳进浴缸把自己扔了进去。玫瑰香味的暗红色泡沫一点点爬上她的小腿，大腿，腹部，胸，脖子，下巴，一些美丽的泡沫继续簇拥着漫过了浴缸的边缘，向下滑落，无声无息落在地上。泡沫里的空隙张着嘴呼吸了两下，仿佛用尽了气力，渐渐无力地萎缩下去，只在白色的地砖上留下了两块脏兮兮的淡红色水渍。之夏闭上了眼睛。那一夜之后，一切都变得不再重要。生命像是一杯水，人们往杯子里装满水，一点点注入他们拥有和相信的东西，满怀期待，然后幸福就会沿着杯壁满溢出来，打湿了其他东西。

热带总是一副晴朗的面貌，无牵无挂，令心事重重的北方无地自容。空气里潮湿的海水味，日光热烈地打在裸露的手臂上，被蓝色包围的静谧海湾，初夏的气息。有时候之夏在这样的好天气里会有一种错觉，万事万物仿佛都在传递着一种讯息，晃动的树影，耀眼的阳光，风驰电掣，人小树高，而他还在。

她摘下耳机，站在地址上写着的这幢白色别墅前。那首*Under Pressure*刚好放完，四周是空无一人的寂静。这里是一片高级别墅区，离三亚的机场差不多有近一小时的车程，游人稀少，海景怡人，沿着沙滩矗立着一排五星度假酒店和漂亮的海景别墅。从机场到这里的一路，之夏一直在循环播放着大卫·鲍伊的歌，那是晓波最喜欢的歌手。她躲在自己熟悉的音乐里，以此来让各种汹涌的感受不被那么放大。但此刻之夏还是有些惊奇——这个时刻，这个地点，站在这扇门前的自己，门后面的人。她又对了一遍门牌号码。然后深深吸了一口气，按下了门铃。

“您好。”一个瘦小的老妇人打开门，打量着她。

“您好，我是之夏。”之夏迎着她的检视，谦逊地微笑着。之前她在酒店悉心梳洗、化妆，穿上了晓波喜欢的那条蓝白波点连衣裙，她知道自己没什么可被挑剔的。

“请进。”老妇人带着她穿过门廊，真丝衬衣在她瘦小的身体上微微荡漾。客厅大到空旷，风从打开的落地玻璃窗空隙里穿过来，茶几上放着早已准备好的茶具和水果，透过整面墙的纱帘，能看得到远处浅蓝色的午后大海，矮墙外默片般无人的白色沙滩。之夏在沙发上坐下，一只棕色的小泰迪从屋子角落里跑过来，蹲在茶几下面不声不响地瞪着她。

“麻烦你这么远过来了。”老妇人微微点头致意，递给她一杯冷泡茶。

“不麻烦，要谢谢你们愿意见我。”之夏想起来她的名字，刘美澜。她的头发已经花白，但依然身姿优雅，看得出来年轻的时候是个美人。

“能问下你是做什么工作的吗？”她问。

“我以前是中学美术老师，现在是自由职业，画些插画。”

“哦——”她微微颔首，“小邱，不瞒你说，本来我是不希望老李和你见面的，我们很感谢你们，但是大家各自有各自的生活，是不是？而且情绪波动对老李的身体也不太好，但是他很坚持，我也没办法。”

“是是，”之夏忙说，“真的很抱歉，我知道我的出现也许打扰了你们，但我，但我只是想看一看，晓波他——”她觉得自己快哭出来了。

“你坐一会儿，我去叫老李。”刘美澜打断了她，站起来转身往楼上走去。

静下来，海浪的声音从远处隐隐约约传过来，仿佛放大的呼吸声。这里的布置是那种很通俗的高级：成套的白色欧式古典家具，四周摆满了鲜花，墙上挂着一些书画和一幅巨大的佛像唐卡，唐卡精美，似有光芒四射，下面的案几上供着一条黄色哈达，香炉里的香刚刚燃尽。之夏看着那只蜷成一团发呆的狗，觉得自己快绷不住了。她站起来，走到窗前，把脸贴着玻璃眺望远处的大海。平静的淡青蓝色的海平面，散乱的羽毛般的云一动不动，几只黑色的海鸟正在窗外的沙滩上梳理羽毛，慢慢踱步。大海总是很美，晴时如梦，雨时如幻，这让之夏的纷乱平复了一些。这里很像她和晓波去过的马尔代夫，他们都钟爱大海，如果可能，他们愿意对着大海度过余生，看着海每一天的变幻莫测，汹涌澎湃。那时候他说，要努力工作，多赚钱，等老了两个人就住在这样海边的白色房子里——这样想来，晓波也算是实现了梦想，之夏不禁微微笑起来。

楼梯上响起了脚步声，她转过身，睁大了眼睛，他们一前一后从楼梯上走下来。她看着他们，一点点都不想错过。

“你好，我是李烈。”他走过来和她握手，笑着，手里有力量。

不知所措的人是她，之夏感觉到自己的手在微微颤抖。在此之前，很多次她想象过他或者她的样子，孱弱的女人，无助的小孩，但更多的是或多或少会和晓波有些相像的男人，他们见了面会紧紧拥抱，相互流下激动的泪水，觉得彼此心灵相通——她意识到自己的想象太贫弱太浪漫了，这并不是一次通灵或附体，这是两个陌生人因为一件沉重的事第一次见面。

他是一个近六十岁的老人，有些发福，穿着白色的Polo短袖T恤和米色的棉质长裤，头发整齐地往后拢着，方而明亮的脸，精神很好。他的眉间有淡淡的川字纹，那是时间在常年思虑过重的人身上留下的印记，有一股庄严之相。他的身材、神情和走路的样子让之夏想起那些常常在电视新闻里见到的官员，向人群挥舞着手臂，有人为他们打伞，有时像熊一样鼓掌。但他此刻是松懈的，私人的，下垂的眼袋透露着他的衰老。之夏努力让自己相信他确确实实是晓波的一部分，叵测而奇异的命运转折啊，两个几乎生活在不同世界的人，他们的生命之间此刻竟然有着深刻的联系。他延续了晓波的心跳，而他的存在是晓波死去的一个标记。天哪。之夏虚弱地在沙发上坐了下来。

“小邱，”李烈坐下，接过妻子递给他的白瓷茶杯，宽慰地看着她，“不知道该如何感谢你们，你先生给了我新的生命，所以我想我必须和你见一面，当面致谢。”

“您身体还好吗？”之夏问。

“很好，我恢复得很好，这里也有助于我的康复，成都的冬天太冷了。”他把目光投向远处的大海，轻轻拍了拍沙发的扶手，“难以置信，就像一个奇迹。我得了扩张性心肌病，医生说，再过半个月，我就不在了。”

之夏大声地哭了起来。从登上飞机那一刻开始，一直躲在角落里窥视着她的悲伤突然冲过来重重地拍打着她的身体。她知道她的哭泣会给他们带来压力，但她再也无法保持克制，假装冷静得体。她转过脸去，脊背在剧烈地抽动。

屋子里安静而压抑，只有那只泰迪在不安地轻轻发出呜呜的声音。阳光在遥远的云层后面移动，他们的脸上都有了些捉摸不定的光线。

“对不起。”之夏转过来，抽泣着。

“没事，小邱，问个问题你别介意啊，”刘美澜抽出纸巾递给她，“你先生……他以前是不是很喜欢运动？”

她泪痕未干：“嗯，他喜欢跑步和潜水，跑过马拉松。”

“怪不得，”刘美澜轻轻拍了拍丈夫的手背，她对之夏说，“老李他以前不爱动，最近一段时间变得很喜欢出去散步，还说想去学游泳，还——”她停了一下，嘴角掠过一点不易察觉的笑意，“还变得比以前会照顾人了，脾气也好不少，原来——真的是这样，那就放心了。”她看着丈夫。

“有时觉得真是不可思议，常常在醒过来的那一刻——”李烈的眼睛眯了起来，“我还记得有一天凌晨三点我突然醒过来，坐在病床上哭，心里好像有委屈，就像一个小孩子无缘无故挨骂了一样。”

“您想看一下晓波的照片吗？”之夏问。

他扬了扬眉毛，说：“好，看。”

她在手机里找出那张早已准备好的照片，递给他们。在又渐渐模糊起来的泪眼中，她试图向他们更加清晰地描述他。“他喜欢吃辣，喜欢旅游，喜欢看韩国电影，他最喜欢的演员是全度妍和汤唯，”她陷入了一些温暖细节的回忆中，不知自己脸上的表情是哭是笑，“他有点丢三落四，喜欢藏蓝色，喜欢喝苏打气泡水，因为他胃不太好。他右边的膝盖跑步的时候受过伤，有积液，所以后来就再没跑过马拉松了……他是个做事很认真专注的人，非常热情，真诚——”晓波，这是你吗？她问自己，这些名词和形容词足以概括她心里的那个完美男人吗？她在那个夜晚才认识到，即使在他们最相爱的那些日子里，她也不曾了解、知道过他的全部，而她在这段婚姻中毫无保留，这种不对等让她有一些隐约的愤怒。但这愤怒如今更多地是对她自己，她的一厢情愿，她对他的忽视，她一贯依循的是自己的喜怒，甚至她觉得过去那几年她对他根本不是爱，那只是任性地对一个好人的依赖和索取罢了，她为此感到无法摆脱的懊悔和自责。

刘美澜把传阅过的手机还给她，他们未置一词，仿佛难以评价。

“邱小姐，你有什么要求吗？”沉默了一会儿，她问。

要求？之夏想要听一听他的心跳，可是此刻，她更想说，把你们的幸福分给我一点吧。

“老李他这人最不喜欢欠别人的情，本来我们也是可以不见的，但是想你一个女孩子也不容易，”刘美澜微微扬起下巴，“为了表示一下我们的心意和谢意，这样，我们一次性打给你五十万，你看呢？”

之夏愣住了。她明白了，那些审视，那些谨慎，她以为那是他们的小心翼翼，而他们却是觉得她是来要点什么的。有的人习惯了别人的索取和交易，他们觉得这世上没有不需要付出交换的接受，他们总是在上面的。

“我不要钱。”她说。她竟然想笑。

李烈沉吟道：“小邱，你别有顾虑，我是真的感谢你们，我也不知道自己还能活几年——”

“你说什么呢，”刘美澜一脸嗔怪地打断了他，“大师不是给你算过了吗，你会长命百岁的，只要——”她把脸转向之夏，笑眯眯的，“小邱，你一定要收下这钱，大师说了，施比受有福，我们要圆这因果，才有福报。”她的脸像猴子那样皱了起来，同时夹杂着感激和鄙夷，期待与不满，“你是不是——觉得少了啊？”

李烈站了起来，走到窗户边看着远处。

之夏不明白事情怎么就变得有些荒诞，这些话听起来太奇怪了。这让她想起那个夜晚，那个电话，那种突如其来的诧异，这荒诞让她觉得的确人人都需要被宽恕被拯救。她的身体紧绷起来，牙齿在往前面挤，尽量保持自己的克制——这见鬼的克制，踏上另一个孤岛所需要的耐心。

“和钱没关系。我来这里只是想见你们一面，这是我的一个执念，您能理解吗？谢谢你们的心意。”她看着他们，把话尽量说得简短、平静。

刘美澜还想说什么，李烈转过身对她摆了摆手，她只好不再说话。

唐卡上的佛像在客厅另一端的墙上微笑地注视着他们，嘴角似有若无地笑，神们似乎看透了这人间的供奉和祈祷。人们都企图在日常中寻求一些高洁的精神境界，但那些教义和信仰未免到最后只不过变成了自己私欲的说辞和解释——之夏看着远处平静的大海，想让那没有边际的蓝色离自己更近一点。那些细微的、隐秘的起伏，潮汐，心跳，悲喜，叶落，谎言。她想嘲笑自己，谁都想在这个世界上活得久一点，除了她。是她错了吧，说出来吧，她不知道那是不是她的罪。

“晓波出事那天晚上我们吵架了，那是我们在一起那么久以来第二次吵架，因为……”她垂下眼睛，咬着自己的嘴唇，那里像两张干燥的树皮，“他以前的女朋友回国了，她给我打了电话，说他们在一起。我质问他，他说我不相信他，我们大吵了一架，我朝他扔了一个花瓶，他的脸被划破了，他从来没有那么生气过，然后他开车出去了，在高速上遇到了那只惊慌的流浪狗和那个卡车司机……如果——没有如果——”她摇了摇头，怔怔地看着他们脸上的皱纹和斑点，那些皱褶里有无法掩饰的苍老，“好了，你们说，我会要这笔钱吗？”

后来她见过那个女人，晓波葬礼的时候，她来了，悄无声息地站在最后面，悄无声息地走了。她们没有说话，她甚至不想恨她，她什么也不想知道。

老人们沉默着，面面相觑。

她终于可以不用陷入一些和想象有关的苦恼了。“我看到您身体健康就很高兴了，晓波也会高兴。我只有一个要求，我能拥抱一下您吗？”她问。

李烈的下巴有点哆嗦，他克制着什么，慢慢从窗边走了过来，向之夏伸开双臂。他的妻子转过身去，把小狗抱在怀里，轻轻抚摸着。

她的包里有昨晚找了好久才买到的听诊器，它本来可以让她清晰地听到他的心跳声，但她没有拿出来。那已经不重要了，那是“他”的，不是他的。在他们身体接触的那一瞬间，之夏闭上了眼睛，眼泪又一次滑过脸颊。老人身上有陌生的熏香，她知道他真的再也不会回来了，时间会一点点抹去他存在过的痕迹，错的，对的，这是一次告别。他的馈赠，施与生命本身，有的人运气好，得到了，就像她得到过他的爱一样；就像赠予一本书，书页会被翻卷；赠予一朵花，花朵也会枯萎；赠予一个吻，嘴唇仍会干涩……它们带着饱满的情感，终将飞向各自命运的抛物线。

生活的很多问题，是选择幻觉还是选择真相的问题，但幻觉无疑会让自己的感觉好一些。她不知道他们是否也在流泪。

“您保重，这是我们最后一次见面。”她和他分开，站直了身体。

傍晚的时候，她一个人来到海边。日光渐渐隐没在云层之后，黄昏的潮水轻触沙滩，风轻柔而潮湿，岛屿在大海中央延伸。天空和大海呈现出一种纯净的蓝色，一种无限近似透明的蓝，包围着她的视野。她记得有人把这种蓝色叫做“北野武蓝”，一种在他的电影里常常出现的大海的蓝色。粗粝残酷的世界后面，有那样一种单纯和美丽的蓝色，它们不知从何而来，只是追随着日光的消逝，短暂地，最后平静地渐渐融入黑夜之中。

在日落的沙滩上，她收到了田田发来的微信。

“那天学习之后，感觉还好吗？”

“有些困惑。”之夏想起来忘了把她删掉。

“那天你问我们为什么信教，当时我没好意思说。就像我说的那个电影一样，四年前，我和前夫在南方的工厂打工，晚上我在做饭，他在沙发上睡着了，我们都很累。雨点，我们的儿子，在卧室里翻了个身，脸闷在床上，我们都没有听到他的哭声。等我发现的时候，他已经窒息了，没有呼吸了。他才四个多月大。后来我们俩一直吵架，就离婚了。有一天我路过教堂，看到里面在做礼拜，我好奇地进去了，听了一会儿泪流满面，像世界为我打开了一道新的门，于是我就开始信上帝了，我找到了天上的父，找到了内心的平静。”

“现在你已经完全走出来了吗？”

“主说，‘但凡信我的，不住在黑暗里’。每一次祈祷都让我更加相信，神会宽恕我。”

“我不相信有神的存在。”之夏看着那行字，又慢慢删掉，回复了一个拥抱的表情。

“感谢上帝让我们相遇。”

“感谢上帝让我们相遇。”

再抬头时，那幽蓝色已经渐渐暗下来。潮汐的声音鼓胀起来，沙滩上没有什么人，两个黑瘦的当地男人从远处骑着摩托车过来，车轮在沙滩上划出两条长长的轨迹。他们把摩托车和人字拖扔在沙里，脱掉上衣和长裤，嘴里叼着烟，裸露着黝黑精瘦的脊背，在暮色里一起懒洋洋地往海里走去。他们相互嬉闹着，越走越远，海水渐渐覆盖住他们的身体，他们的身影一点一点变成了两个越来越小的黑点。之夏注视着他们，他们是她这几天见过的最快乐的人——在海浪起起伏伏的推搡和暮色之中，他们依然奋力挥舞着手臂，往深处的、暗处的、辽阔的大海游去。

她站起来，把鞋扔在一边，光着脚沿着沙滩慢慢往前走。裙摆绕在她的腿之间，细软的白沙不停地从她的趾缝间涌出来。风里有一些凉意，她用手臂圈着自己，迎着她的，还有最后一层即将收敛而去的日光。她已经做完了她该做的事。等天色完全暗下来，当黑色的夜里只有大海和大海的呼吸声存在的时候，她就去拥抱那个永恒。对于这个荒诞的下午，这个无神的世界，她终于可以对他当面倾诉与嘲笑了。

何其先生，

非常感谢您告诉我电脑的事，只是那些现在对我来说已经不重要了。晓波的一切已经都留在我的心里，我所做的和知晓的已经足够让我再次遇见他。您可以随时清空那台电脑，以及，不必记得您所看到的一切。

冬安

邱之夏

麦当劳和听诊器

这一天何多还是会有些恍惚，怀疑这一切到底是不是真的——他走在北京的街上，看上去和人流中的任何一个人并没有什么不同，警察从他的身边走过，没有多看他一眼。但他觉得人们还是会很快发现他身上残留的监狱气味，他为也许又会失去这应接不暇的自由而焦虑着。不过当他走进麦当劳，吃下第一口汉堡之后，他的心没那么慌了，汉堡的味道和五年前还是一模一样——也许世界并没有像他想的变化那么大。

他喝完了最后一口可乐，不甘心地晃了晃杯子，冰块发出哗啦啦寂寞的碰撞声。刚过午夜十二点的窗外，街上已经冷冷清清没什么人了，他还不太习惯，路边那一排排亮着的空晃晃的路灯、灯箱，在他看来都太浪费电了。在这里坐了两个多小时，已经吃了两个套餐，他还是觉得饿，决定再去买一杯咖啡和一个麦辣鸡腿汉堡。这个时间，麦当劳里已经十分安静，灯关了一半，光线有些暗，只有柜台那里还是一片明亮，如同黑幽幽剧场里的舞台一般发着光。店里零零散散坐着两三个吃东西的顾客，在昏暗的灯光下看上去似乎都有些垂头丧气；一个流浪汉模样的男人在靠墙的长椅上睡着了，脸上盖着一件衣服，地上放着他的两个大包袱；两个外卖员在角落里坐着低头玩手机；一个大学生模样的人正对着一台笔记本电脑噼里啪啦地打字，嘴里念念有词。偶尔有顾客进来，一脸疲惫的中年服务员让收银机再次发出叮叮的响声，装饮料的机器开始隆隆作响，薯条和鸡块在玻璃柜里散发着滚烫的金黄色芳香。有光，有空调，有安静的人和声音，对像他这样无处可去的人来说，这里犹如战争时期的完美防空洞，足以度过一个宽容到可以做梦的长夜。

端起餐盘的时候，何多看到柜台上有一个苹果手机，应该是刚才在他前面的那个年轻女人落下的，前面只有她一个人。他把手机放到餐盘上，朝那个女人走过去，她一个人坐在窗边，和他隔着一张桌子，桌子上放着一杯可乐。

“是你的吗？”他把手机递过去。

女人一愣，抬起头看着他。“是我的，谢谢。”她接过手机，对他笑着说。

“不客气。”他坐回自己的座位，撕开糖包，往咖啡里认真地加糖、搅拌，然后大口地咬起汉堡，脆热的鸡肉和浓厚的酱汁涌进嘴里。等吃完这个汉堡，他就不知道自己该干什么了。他今天一整天的精神都很亢奋，倒是希望自己能犯困，然后他可以像角落里的那个流浪汉那样，找几张凳子拼起来，睡在上面。

女人咬着吸管，看着窗外，又把头转了回来。他们面对面看了一眼。

“有烟吗？”女人问。

何多的嘴里还嚼着汉堡，他疑惑地转头看了看身后，没有人。“是——问我吗？”他对着她指了指自己。

女人点点头。她比他大几岁，穿着一件黑色的高领毛衣，更显出她脸部利落的线条，很瘦，头发蓬松地散在肩上，眼睛黑黑的，有一种茫然的神情，仔细看脸上带着一点憔悴的痕迹，但何多觉得她很漂亮，大城市那种有气质的漂亮。

“没有，”他摇了摇头，有点为自己不抽烟而遗憾，“这里不能抽烟。”

“我知道。”女人抿嘴笑起来。她没有再看他，又把头转向了窗外，默默喝着可乐。

何多两三下咽下最后一口汉堡，犹豫了一下，鼓起勇气对她说：“你要想抽烟的话，我可以帮你去对面买，”他期期艾艾地，“对面有一家超市，反正，反正我也没什么事。”

女人又笑了：“不用了。谢谢。我戒了。”

他有点窘，低下头喝咖啡来掩饰着自己的无聊和殷勤，还好周围也没有人在注意他们。加了糖的咖啡还是很苦，很烫，难以下嘴，他看着那杯棕色的液体发了一会儿呆，疲惫感突然涌了上来，什么也没想，他趴在桌子上睡着了。

“喂，”迷迷糊糊的他感觉有人在轻轻推他的手臂。“完了，要赶人了，”他想着，努力睁开眼，看见那个女人坐在了他的对面。

“你怎么不回家？”女人轻声地问他，眼神很柔和，眼睛里黑的黑，白的白。他有五年没见过女人这样看他了。

何多眨巴着眼睛，坐直了身体，一时不知如何回答这个问题。他没有家，也没有刚才和何其说的那个朋友，他在这个城市里一个人也不认识。他兜里还有一千块钱，也许还要找工作租房子，他不知道这些钱还要撑多久。

“你需要帮助吗？”她拿起手机晃了晃，“刚才你帮了我。”

何多没有说话。过了一会儿，他问她：“你觉得我看上去像个坏人吗？”他想起走在大街上的惶惑和许檬看他的眼神，问了一个他很想知道答案的问题。

她摇了摇头。“不像。”

“我刚从牢里出来，今天刚到北京。”

意料中的，他看到她脸上闪过一丝惊异，但很快就消散了。“是好事啊，来北京是找工作吗？”她说。

他摇头，“不，”又点头，“是。我来北京找一个人。如果找到她的话，我也许就留在这里找份工。”

“女孩子吗？”她嘴角又抿起笑意。

何多的眼神闪了一下，他不好意思地低下头，心里那簇已经快熄灭的火苗摇摇摆摆的，因为她的这句问话似乎又烧起来了一点，他有些急切地想把这火光的热和灼散出去。

“嗯，在牢里她给我写过信，说等我出来就和我结婚。”他小声地向她诉说。

看着窗外路灯下空荡荡的大街，他想起了第一次见到喵喵的样子。他发烧一个人在医院输液，出来已经是晚上十一点多了，在医院门口看到她和一个男人吵架，她打了那男人一个耳光，男人又扇了一个回来，然后走了。她走到角落里，脸上还有指印，手里拿着一个打火机，啪嗒，啪嗒，摁了又灭，摁了又灭。他走过去，问，干什么呢？她不说话。你家住哪儿？她还是不说话。他问她借了打火机，抽了根烟，在旁边站着。他们闲聊了起来，后来她说，你去我家吧。他就跟她走了。他还没退烧，到她家没说几句话就在客厅沙发上昏昏沉沉睡着了。第二天，她叫他陪她去爬山。下着小雨，路很滑，爬到山顶的时候，他们接吻了。下山的时候他一直抓着她的手，没松开过。他在她家住了三天，一直睡在客厅，她躺在他身边的时候，手抚摸着他的脊背说，等你长大了，我嫁给你吧。第二天那个在医院门口见过的男人带了几个人到路上堵他，他把男人脑袋砸出一个大坑，倒在地上四肢抽搐汩汩地冒血，他从没见过一个人身上可以有那么多血，当场就在旁边吐了。

“但我没找到她，地址是两年前的，我找到那个楼，什么都没有了，连那个楼都没了，只有一个农贸市场。”他苦笑着，端起纸杯喝了一口，咖啡还是那么难喝，“我哥在北京，后来我去找我哥，但是，他那儿也不太方便，我就来这里了。”

“有什么打算吗？”

“不知道。你们都爱问我这句话。我就想有个地方住，找个工作，能养活自己。等天亮吧，等天亮了再决定去哪里。”他有点迷茫，也有点说不清的忧伤，但他一点也不怪他们，爸，哥，许檬，喵喵，是他做错了事，他得对得起他们，不想再给他们添麻烦了。

“在里面什么感觉？”她问得漫不经心。

“第一年很难熬，后边也习惯了。日子一天一天过，最后这一年过得特别快，一眨眼的工夫就出来了。出来之前老是睡不着，担心自己适应不了外面，甚至想，不行就再回来吧，反正怎么死不是死，不过，出来了——就觉得外面还是挺好的，”他垂下眼睛看着餐盘，笑起来，“在里面我们做一次性打火机，给白酒打磨木头底座，我基本上每周都是组里的第一名，所以可能也不完全算是个废人吧。”

她点点头，眼睛里闪着明亮而湿润的光。她没对他说什么特意鼓励安慰他的话，似乎听得有些心不在焉。她只是随便和他聊聊，也许也是为了打发这无处可去的时间，她没那么在意他是谁，从哪里来——他很高兴，他害怕听那样的话，因为听到总难免要表个态，多少有些跪下来祈求全世界原谅的感觉，以后怎么走他想好了，他再也不想回去了。自由真好，没有编号真好。他觉得自己至少已经拥有了一点尊严，他还可以去争取更多，直到那些曾经碎裂的东西都重新变得完整。

那个一直在玩游戏的外卖员经过他们的身边，向柜台走去，准备拿上打好包的食物出发去送。何多看着他裹得严严实实的背影，想着冰冷的风如何穿过他的电动车和棉服，他在黑夜里穿过一条条沉默而宽阔的马路。他在狱里的时候读过《堂吉诃德》，北京的路那么宽，一览无余，像抽干了河水的大河河床。他想象目的地有一个巨大的风车，他挥舞着生了锈的长矛，戴着破了洞的头盔，渡过一个个灰色的河床，向终点处的风车挑战。没有超时，没有翻倒的饮料，薯条还温温地热着。您好，这是您点的麦辣鸡腿汉堡套餐。麻烦请给我打五星。他不禁笑了起来。不然的话，留下来试试这份工作吧。

吸管发出了空空的声音。

“你想吃什么喝什么吗？我请你。”他看她的杯子空了，用手指了指柜台那边，桌上装着咖啡的纸杯被他的手拂到，他赶紧扶住，还是摇摇晃晃洒了一些咖啡出来，落在她放在桌上的塑料袋上。他拿起餐巾纸去擦，看到塑料袋里面装了一只长方形的纸盒，上面印着一张听诊器的图片。“这是什么？”他指着盒子，有点奇怪。

“听诊器。”

“听诊器？”

“对。”

“你是医生？”

“不是。”

“你身体不舒服吗？”

“没有。为了买这个，跑了好远才在一家药房买到的。”她轻轻叹了口气，把纸盒从塑料袋里拿出来，打开，把崭新的听诊器拿在手里翻来翻去地看着，像是在欣赏什么艺术品。

“很晚了，你不回家吗？”他觉得像她这样的漂亮女人，不应该一个人深夜坐在这里。

“我明天一早要赶飞机去三亚，没几个小时了，不想睡，也肯定睡不着。”

“三亚？那里有海吗？”

“有很美丽的海。”

“我还没见过大海。”

“会见到的，”她把听诊器放在桌上，笑着说，“人海也是海。”

“你是去玩吗？”

她摇摇头。

他没再问下去。她要是想说，他就听着。

可是她没再说什么了。他想他是没什么资格听她说自己的，她过来和他聊天，他已经觉得是这个夜晚意外的奇遇了。

她看着他，像是突然想起了什么，那张一直淡然苍白的脸上似乎生动了些。“哎，你想听一听自己的心跳声吗？”她问他，咬着嘴唇，一边的虎牙让她显得有些俏皮。

“心跳？”

“嗯。你听过吗？”

他摇头。

她把听诊器递给他，带着期待。“给你，听一下吧。”

何多顺从地接了过来，为了让她高兴。像以前看到过的医生那样，他把听诊器的两头放进自己的耳朵，小小的圆形听诊头在手里传过来钢的冰凉，他轻轻敲了敲听诊头，轰轰轰，耳朵里传过来放大了很多倍的叩击声，耳膜清晰地感受到了那种鼓动。

对面的她笑着对他比画着手势，要放进毛衣里才听得到啊。

他把听诊头从毛衣里面伸进去，放到心脏的部位。耳朵里和现实隔离的那个世界里，第一次，他听到了自己的心跳声——那个舒张的声音，带着血液的湿润和纤维的毛边，有力地律动着。像在无限远的海底深处，大鱼在黑暗里温柔地鼓动着鱼鳃，一呼一吸。像是看不见的密林深处，猎豹在陆地上奔跑，每一次的脚步落在地上。像火车正在穿过漫长黑暗的隧道，巨大的风裹着车轮隆隆而去。咚，咚，咚，咚，在这间昏暗的深夜麦当劳里无声地蔓延着。

“听到了吗？”她的声音隔着听筒传过来，闷闷的，像在很远的地方。

他点头：“嗯，听到了，我还活着。”

他们相视而笑，露出自己的牙齿。

他低下头去看手机上的时间，1，2，3，4……一下一下数着自己的心跳声。他没有看到坐在对面的她转过脸去面对着窗外，寂静无人的街，除了街道什么也没有的窗外，红绿灯寂寞地闪着。笑容正在她脸上慢慢凝结，仿佛热过的牛奶冷却下来，在表面凝结出一张薄薄的膜，带着涟漪般的皱褶，伤感沉淀了下来。明天，她有一种期待，那是她唯一能为他做的，也有一种即将抵达终点，一切就要结束的绝望。

“不要放弃。”之夏轻声对他说，她试着阻挡这种绝望的蔓延。她希望对面的这个男孩听到了这句话，尽管她已经不想再坚持下去了。

“你说什么？”他忘记自己数到多少，把听诊器拿了下来。

“没什么。”她低下头，失去了重复一遍的勇气。

放在桌上的手机震动了一下，屏幕上跳出一封新邮件提示。“您好”。来自一个陌生的邮箱HQ，后缀是晓波公司的域名。之夏困惑地拿起手机，看着。

他看到她脸上泛起了温柔又哀伤的微笑。她把手机的屏幕翻过去扣在桌上。

“不要放弃，直到你的杯子装满了水，但在幸福沿着杯壁满溢出来之前的那一刻，阻止它。”她坐直身体，靠着橘红色的塑料椅背，对他说。

他睁大了眼睛望着她，手里捏着那副听诊器。

她知道他没有听懂，但是这话说起来就长了，长到这一夜都不够说的。

我们自以为不平凡的命运，有那么多无法通过的考验和欲望，杯子里的水总是装不满，又或者总是装得太满。

第二天，在天黑之前，她坐在沙滩上回复了那封邮件。她最后打完那些字。他是个好人。之夏望着蓝色的海面想。

后记 | 它们让我看见并注视大海

于写作，我是诚惶诚恐的初学者。这本书收录的11篇小说写于2015到2017年，那也是我开始写作的最初两年，时间的轨迹在这本书里清晰可辨。那时一边上班，一边写小说，吃力有之，得意有时，更多常伴的，是深夜枯坐于电脑前的焦虑和自我怀疑，如今再看，回望的焦距已经长到模糊，这些文字竟有些陌生得不像是自己写的。

成为或者接近成为一名写作者，是意外，也是一段冒险的逆流。虽然中学时作文常被作为范文，大学学的专业和毕业后从事的职业也一直貌似和创作有些关系，但从未想过自己要写点什么。一来自知没有足够才华，“作家”两字高不可攀，二来贪慕生活温柔，无可无不可。在开始写作之前，我的生活似乎一直在重复这样的一种循环——在某种循规蹈矩的“主流”框架里待着，然后厌倦，挣脱出来；一段时间后开始怀疑自己，于是回到安全感的庇护之下；然后再一次离开，跳进另一段不安的河流，如此往复，双手空空。某种程度上，这颇像门罗《逃离》里的卡拉，还有萨冈《猫咪与赌城》里的安杰拉，仿佛共同的宿命——我满怀期待，又惴惴不安，不甘于湮没，又缺乏勇气。我浑浑噩噩，又常在梦中惊醒光阴虚掷。

命运吊诡。有一天，我受到一些鼓励，于是开始写，放到网上，又受到一些鼓舞，就继续写下去。竟然觉得快乐和完整。如同寻找到一个匹配的容器，写作收纳了我的怯懦和焦虑，让我于轻浮的日常中意识到自己的匮乏，也让我变得更诚实，更渴望了解他人的生活和我们的时代。我在文字里抵抗着现实的虚妄，也似乎收获了更多的勇气来坚持成为自己。

这些小说大多以女性视角展开，但这并非意味着一种预设的性别立场。我自己的成长过程中，有过一些波折，也有过很多困惑，与其说是因为女性的放弃和依赖更容易得到纵容，不如说这些挫败与困惑更多地来自于人性中的软弱、游离和矫饰，而这，是我们每个人都可能陷入的困境。这些故事里的人物面对的也不仅仅只是爱情，事物很少是它们表面看起来的样子，爱情关联着我们的亲情，友情，死亡，政治，以及对爱与自由的理解。

小说的本质是提供一种“虚构的诗意”，这种“诗意”和“真”一起，站在“虚假”的对立面，它切割、打磨着现实生活，在阅读的过程中，读者得到一面平静的镜子，或是一些带着棱角的玻璃碎片，又或者是一些钻石闪耀着光芒。我想写的，大概就是这样的东西。而这些故事，只能发生在这个时代。

我依然万分珍惜那些写作带来的微小的喜悦时刻，它们让我看见并注视大海。我企图建造自己的船只。想写得更好一些，更有责任一些。它们能被一些敏感的人感受到，让这些从我个体体验出发的表述和这个世界的此时此刻发生更广阔的联接，能够抵达到一些遥远幽深，或被喧嚣日常遮蔽的内心世界。

感谢所有鼓励、帮助过我的人。我的父母，我的师长，我的朋友，我的编辑。我已经说了太多的“我”。现在我向你们双手虔诚奉上这本小书，等待它的被开启，等待“我”的被遗忘。

程姬

2018年5月11日于北京

ONE book

监　　制：韩　寒
出版统筹：戚开源　朱华怡
策划编辑：熊悦妍
特约编辑：卫天成
策划推广：金怡玉玲　韩　培　顾诗羽
特约发行：宗　洁
特约印制：张春笛
封面设计：雾　室
内页摄影：程　姬

官方网站：wufazhuce.com
官方微博：@一个App工作室　@一个图书　@亭林镇工作室

图书在版编目（CIP）数据

像火焰像灰烬 / 程姬著. -- 成都 : 四川文艺出版社, 2019.1

ISBN 978-7-5411-5109-5

Ⅰ. ①像… Ⅱ. ①程… Ⅲ. ①短篇小说—小说集—中国—当代 Ⅳ. ①I247.7

中国版本图书馆CIP数据核字(2018)第234254号

XIANG HUO YAN XIANG HUI JIN

像火焰像灰烬

程姬 著

责任编辑 李淡宁 彭 炜
责任校对 汪 平
装帧设计 雾 室
出版发行 四川文艺出版社(成都市槐树街2号)
网 址 www.scwys.com
电 话 028-86259287(发行部) 028-86259303(编辑部)
传 真 028-86259306
邮购地址 成都市槐树街2号四川文艺出版社邮购部 610031
印 刷 河北鹏润印刷有限公司
成品尺寸 145mm×210mm 1/32
印 张 8 字 数 190千
版 次 2019年1月第一版 印 次 2019年1月第一次印刷
书 号 ISBN 978-7-5411-5109-5
定 价 42.00元